キミを想えば想うほど、
優しい嘘に傷ついて。

なぁな

スターツ出版株式会社

「洗輝(こうき)のことなんて好きじゃないよ」
　あたしがキミについた嘘(うそ)

「お前のこと大っきらいだから」
　キミがあたしについた嘘

　今日もあたしは平然と嘘をつき
　心の中で涙(なみだ)を流す

　キミを想えば想うほど
　優しい嘘に傷ついていく

contents.

### 第 1 章

はじまり 8

優しい体温 39

発覚 56

### 第 2 章

ふたりの距離 80

気持ちの変化 101

最高で最低の誕生日 127

キミへの想い 158

第 3 章

絡まる糸　　　　　　　182

切ない距離　　　　　　209

衝撃の事実　　　　　　223

ラストレター　　　　　266


あとがき　　　　　　　286

# 第1章

# はじまり

　4月上旬。
　ザワザワとうるさい教室。
　進級と同時にクラス替えが行われ、あたしは指定された窓側の一番うしろの席に座ってあたりに視線を走らせた。
　この位置からは教室をぐるりと見渡せる。
　あー……あの子、意地悪って有名な子だ……。
　あんまりかかわらないでおこう。
　学年で一番勉強のできる男の子もいる……。あれ？
　彼の名前なんだっけ？
　新しい友達、新しい教室、新しい机。
　ひとつ学年があがっただけなのに、新しい環境になって浮き足立ってしまう。
　ただ、4月はあまり好きじゃない。
　嫌な過去を思い出してしまうから。
　ハァと一度息を吐きだして、重たくなってしまった気持ちをふっきろうとしたとき、ふわりと甘い匂いを感じた。
　ガタンっという音を立てて、隣の席の椅子がうしろに引かれる。
　隣の席、誰だろう。
　視線をそちらに向けたとき、そこにいた人とバチッと目が合った。
「あっ……」

思わず声が漏れる。
　あたしの声に気づいた男の子は、一瞬不思議そうに目を丸くしたあと、ニコッと太陽のようにまぶしい笑みを浮かべた。
「隣って奥山だったんだ」
　なんてことなくそう言いはなつ彼に、息が止まりそうになる。
　1年のときは同じクラスじゃなかったし、彼とかかわりを持ったことも、もちろん言葉を交わしたこともない。
　そんな彼がどうしてあたしの名前を知っていたんだろう。
　あたしって単純。
　ただそれだけのことで、ちょっぴりうれしくなってしまった自分が情けない。
「う、うん。えっと日向くん……だよね？」
　彼の名前を知らない人は、たぶん校内に誰ひとりいないはず。
　うれしさがバレないように装ってそう尋ねると、彼は笑顔を崩すことなくうなずいた。
「俺の名前知っててくれたんだ？」
「知らない人のほうが珍しいと思うよ」
「いや、そんなことないだろ」
　机の横に学校指定のバッグをかけて、椅子に座ってあたしのほうに体を向ける日向くん。
　日向くんの背後では、同じクラスになれたことを喜んでいる女子の姿が目に入る。

入学式のとき日向くんのいるクラスの廊下には、日向くんをひと目見ようとする女子であふれていたって、風の噂で聞いたことがある。
　モテるっていう話は何度も耳にしていたけれど、同じクラスになってそれが事実だと思い知らされる。
　まさかここまでだとは思ってもいなかった。
「つーか、俺いつもだいたい変な席なんだけど今回は大当たりだ」
「えっと……」
　大当たりっていうのは、一番うしろの席だからっていうことかな？
　うん。それ以外ありえない。
「あっ、あたしも窓際の一番うしろの席でよかったよ。1年のときは一番前で先生の目の前だったから」
「マジ？　俺も一緒なんだけど」
「そうなの？」
「あぁ。寝てんのもスマホいじってんのもすぐバレるし、何度スマホ取りあげられたか数えらんねぇし」
「あたしもだよ。前の席って本当に最悪だよね」
「だなー。だから今回は超いい席」
「だね」
　日向くんの言葉に大きくうなずく。
　日向くんって意外と話しやすいかも。
　確実に校内一のイケメンだし、モテるし、派手なグループの中心にいるし、なんとなくとっつきにくい気がしていた。

けれど、意外にも日向くんはフレンドリーだった。
　ただひとつ問題があるとすれば、彼としゃべるだけでまわりからの視線が痛すぎること。
「あの子、隣の席だからって日向くんとしゃべりすぎじゃない？」
　日向くんファンと思われるクラスメイトの声にハッとする。
　コソコソ話しているつもりみたいだけれど、その声は全部筒抜けで、気まずくなったあたしは日向くんから顔をそらして正面を向いた。
　そのとき、チェックのスカートが視界にうつりこんだ。
　顔をあげると見覚えのある顔が目に飛びこんでくる。
「かーりーんっ!!　また一緒のクラスだね」
「京ちゃん!!　同じクラスになれてよかった～!!」
　思わず椅子から立ちあがって、机の前に回りこんで京ちゃんの体に抱きつく。
「まったくもう。花凛はあたしがいないとなにもできないんだから」
「頼りにしてるよ～」
　京ちゃんはあたしを見て、ふっとやわらかい笑みを浮かべた。
　京ちゃんの名前は吉野京子。
　高校に入学して初めてできた友達だ。
　今は親友と胸を張って言えるほど仲がいい。
　あたしとちがって大人っぽくていつだって冷静沈着。
　背中まであるサラサラの長い髪。

切れ長だけれど大きな目、整った鼻筋、小さな唇。
まさにクールビューティな京ちゃん。
裏表のない性格で、何事も白黒はっきりさせる京ちゃん。
優柔不断なあたしは、いつだって京ちゃんに助けられている。
「また同じクラスになれるなんて奇跡的だよね!!」
「だね。でも花凛、ちょっと興奮しすぎ。落ち着きなさい」
同じクラスになれたことがうれしくてはしゃぐあたしをいさめる京ちゃん。
思わずシュンっとすると、隣の席の日向くんがブッと噴きだした。
「なんか、飼い主にしっぽふる犬みたいだな」
「い、犬ってあたしのこと……?」
「そう。可愛い小型犬って感じだな」
「可愛い……?」
思わず首をかしげる。
なに? それってどういう意味?
日向くんの『可愛い』の言葉がなにを指しているのかわからずに、微妙な愛想笑いを浮かべる。
「日向、花凛がフリーズしてるから」
「は?」
京ちゃんの言葉に、椅子に座っている日向くんがあたしを見あげる。
「っ……!」
目が合った瞬間、思わず視線を外してしまった。

あぶない、あぶない。
　日向くんには、人を惹きつけるような特別な魅力があるって誰かが言っていたけど、本当にその通りだった。
　茶色く澄んだ瞳に見つめられると、吸いこまれてしまいそうになる。
　これが校内一のイケメンのパワーなんだ。
　ダメダメ！　あたしってば、なにを意識しているんだろう。
「て、ていうかさ京ちゃんって日向くんと知り合いだったの？」
　ごまかそうと京ちゃんに話を振る。
「うん。1年のときに委員会が一緒だったの」
「そうなんだ」
　そう言えば前にそんな話をしていた気がする。
「奥山と吉野って仲よかったんだ？」
「うん。大親友」
「へぇ。たしかにいいコンビかもな」
　京ちゃんが、ためらわず『大親友』と言ってくれたのがうれしかったのか、日向くんが『いいコンビ』と言ってくれたのがうれしかったのか、自分でもよくわからない。
　ただ、胸の中がじんわりと温かくなった。
「でしょ〜？　あたしも花凛とはいいコンビだって思ってる」
「だな」
　そう言って笑いあう京ちゃんと日向くん。
　進級の際、クラス替えもあって不安だったけれど、京

ちゃんと日向くんのおかげでなんだかちょっぴり新しい学校生活が楽しみになった。

　4月も中旬になり、ようやく新しいクラスにも慣れてきた。
　大好きな京ちゃんとは同じクラスだし、1年の頃と変わらない学校生活を送るはずだった。
　ただひとつ大きく変わったことといえば、隣の席に日向くんがいるということ。
　この日、数学の先生は教室に入ってくるなりこう宣言した。
『最近、お前らタルんでるぞ。授業中にスマホをいじったり隣のヤツとしゃべったり、机に伏せて寝たり。マジメに授業を聞いていないヤツがいたら容赦なく廊下に立たせるからな!!』
　たしかに最近、クラス全体を通して授業中の私語が多くなっている気はした。
　クラスになじんできて中だるみする時期。
　でも、とりあえずは私語をつつしめばいいだけ。
　いつものようにシャーペンを持ち黒板に目を向けていると、机の上にポトリとなにかが落ちた。
　それは折りたたまれたノートの切れ端のようだった。
　それが飛んできた方向に視線を向けると、机に立てた教科書で顔を隠した日向くんが申し訳なさそうな表情を浮かべて、あたしに向けてパチンと両手を合わせた。
　なんだろう……?
　メモを開くと、そこにはこう記されていた。

『消しゴムかして』

　あぁ、そっか。私語は禁止って言われたから。

　ペンケースの中から消しゴムを取り出して、先生が黒板のほうを向いたタイミングで日向くんに消しゴムを差し出す。

　日向くんはそれを受け取ると、「わりぃ。助かった」と小声であたしにお礼を言った。

　すると、再び紙が机の上に落ちた。

　今度はなんだろう。

『奥山って昼弁当？』

　紙にはそう記されている。

　チラッと日向くんを見ると、黒板の文字をノートに書きうつしている。

　返事……書いたほうがいいよね。

　あたしはシャーペンを握り、返事を書くことにした。

『ちがうよー。いつも購買でパン買ってる。どうして？』

　タイミングを見はからって日向くんの机に投げ返すと、日向くんがあたしのほうを見て、ニッといたずらっぽい笑みを浮かべる。

　び、びっくりした……。

　その笑みに不覚にもドキッとして、思わず視線をそらしてしまう。

　それからすぐ、日向くんがメモを投げ返してきた。

『今日だけ限定で新しいパンが入るって。限定５個』

『そうなの？　知らなかったなぁ。でも限定５個じゃ買えなそう』

お昼になると、お目当てのパンを買うために生徒たちがいっせいに購買目指して走る。
　走るのは昔から苦手だし、前列にいる男子の先輩たちを押しのけてパンを……しかも限定５個のパンをゲットするなんてできそうもない。
　だから、いつもみんなが買い終わって売れ残ったパンから選んでいる。
『オレが奥山の分も買ってくる』
　その文字にドキッとする。
『あたしの分は大丈夫だよ！　ありがとう。なんかこういう風に手紙交換するのって小学生以来だよ』
　照れ隠しでそう書いて話をそらすと、意外な展開になった。
『だよな。スマホで連絡とりあえるしな』
『そうだね。スマホがあれば手紙いらないもんね』
『つーか、奥山の番号教えてくんない？』
　え……。
　思いがけないことに紙を持つ手が小刻みに震える。
　日向くんは机に肘をついて、手のひらに顎をのせてあたしの様子をうかがっている。
　あたしの動揺を見透かしているような余裕の表情。
　どうしよう……。
　日向くんのいる右側の頬が急に熱くなる。
　キュッと唇を噛んで動揺を抑えようとする。
　人気者の日向くんに番号を聞かれたからって、そんなにあせることじゃない。

日向くんが番号を聞くのはあたしが特別だからじゃない。
　たまたま隣の席になったから。
　それ以外ありえない。必死に自分自身に言い聞かせる。
『０９０－××××－××××だよ』
　書き終えて紙をたたみ、隣の席の日向くんのほうへ投げようとした瞬間、
「──おい、奥山」
　教壇にいる先生が、突然あたしの名前を呼んだ。
　思いがけないことにびくっと体を震わせる。
「お前、さっきからコソコソなにしてる。隣の日向もだ」
　先生は目を細めてあたしたちをいぶかしげに見つめる。
「えっ……なに？」
「ふたりでなにかやってたってこと？」
　クラスメイトの視線がいっせいにこちらに向けられる。
　ヤバい。バレたかも──。
　あわてたせいで手から紙が離れて、あたしと日向くんの席の間に落ちた。
「あっ……」
　思わず声が漏れる。
「なんだ、今床に落ちたのは」
　先生は身を乗りだして、床の紙に視線を向ける。
　そして、最悪なことに教壇から降りてこちらに歩いてきた。
　そのとき、ハッとした。
　あの紙にはあたしの番号が記されている。
　今までのあたしと日向くんとのやりとりを知らない人が

見れば、あたしが日向くんに自分の番号を教えてアプローチをかけているように見えるはず。
　そんなことになったらクラスの女子……ううん、学校中の女子を敵にまわすことになる。
　どうしよう……。
　一瞬で顔面が蒼白になり手が小刻みに震える。
　はやく。はやく拾わなくちゃ――‼
　一歩一歩、先生との距離が近くなる。
　ダメだ。体が動かない。
　あきらめかけたそのとき、隣の席の日向くんが床に落ちている紙を拾いあげた。
「おい、日向。お前が持ってるものはなんだ」
　先生が日向くんを見つめる。
　日向くんの持っている紙を見られたらすべておしまいだ。
　ギュッと震える手のひらを握りしめたとき、
「あぁ、これ。消しゴム。忘れちゃって奥山に借りてただけ。奥山、ありがとな」
　日向くんは表情ひとつ変えずに涼しげに答えて、あたしに消しゴムを差し出す。
　おそるおそる手のひらを差し出すと、日向くんはそっとあたしの手のひらに消しゴムをのせた。
「日向、お前なにか隠してるな？　さっき床に落ちたのは消しゴムじゃないだろう」
「いやいや」
「ごまかしても無駄だぞ？」

「先生が見まちがっただけだって」
　日向くんは表情ひとつ変えずに言い返す。
「俺が見まちがえるはずないだろう!!」
「いや、先生結構いろいろまちがってることしてるじゃん」
「俺がなにをまちがった!?」
　日向くんの言葉に苛立つ先生。
　教室中が日向くんの動向に注目する中、日向くんはまっすぐ黒板を指さした。
「右側の問2の答え、まちがってる。さっきもまちがってる部分あった」
「——なに!?　そんなはずは……」
　黒板に向き直った先生は、しばらくすると引きつり笑いを浮かべた。
「あぁ、あれはちょっとした計算ミスだな……。まぁ、そういうときもある」
「ですね。じゃ、もうこの話も終わりで」
「いや、終わりにはしないぞ。俺は私語禁止と言ったはずだ。それなのに、お前は隣の席の奥山に消しゴムを借りたんだろう？　だとしたら、授業中にしゃべったっていうことだ。そうだろう？」
　さっさと話を切りあげようとする日向くんに向かって、先生は得意げに鼻を鳴らす。
「……まぁ、そういうことか」
「だよな」
「俺、廊下に立ってます」

日向くんがスッと席から立ちあがると、教室中から先生を非難する声が飛んだ。
「ひと言しゃべったくらいで廊下に立たせるとか、ひどくない？」
「自分のミスを指摘されて怒るなんて大人げないよね」
　日向くんはそんな声もお構いなしといった様子で、廊下に向かって歩きだす。
　すると、先生が先ほどとはちがう優しい表情であたしに話しかけてきた。
「奥山、お前が日向に巻きこまれたとは知らずに責めて悪かったな」
「え……」
「奥山は優しいな。最初から日向のせいだって言えば、先生だって怒らなかったんだぞ？」
　一方的に日向くんが悪いと勘違いしている先生。
　あたしは日向くんに巻きこまれてなんていない。
　たしかに消しゴムを貸してって頼まれたけれど、そのあとのやりとりを続けたのはあたしの意思。
　さっきのピンチを救ってくれたのも日向くん。
　日向くんだけが悪いんじゃない。
　だから、日向くんだけを廊下に立たせることなんてできない。
「あのっ」
「なんだ、奥山」
「あたしもしゃべりました」

あたしがそう言うと、日向くんがその場に立ち止まった。
ゆっくりと振り返り、あたしを見つめる。
「は？」
先生はわけがわからないという表情を浮かべる。
「あたしもしゃべったんです。だから、あたしも廊下に立ちます」
先生が驚いたように瞬きを繰り返す横を通りすぎる。
教室中がざわつく。
なぜか楽しそうにクスクスと笑う日向くんに続いて、あたしは廊下に出た。
「奥山、バカだなー」
廊下に出るなり、日向くんはそう言ってケラケラ笑った。
バカって言われて本当はムッとするところなのに、無邪気な笑顔を浮かべる日向くんにつられて、あたしまで笑ってしまった。
「バカって言わなくてもいいのに」
「いや、バカだろ。あそこで黙ってれば奥山までここに立たされることもなかったんだし。つーか、しゃべってないじゃん」
「ううん、もとはといえばあたしのせいで、先生にコソコソしてたのがバレたんだもん」
それに、日向くんに助けてもらった。
もし、あそこでメモを先生に読まれていたら、大変なことになっていたはず。
「正直者だな、奥山は」

「そんなことないよ」
　あたしが首を横に振ると、日向くんはポンッとあたしの頭を優しく叩いた。
「ごめんな。俺が消しゴム借りなきゃこんなことにならなかったんだし」
　頭を男の子に触られたのは初めてだ。
　唐突な日向くんの行動に動揺してしまう。
「う、ううん！　でも、日向くんがあの紙をすぐに拾ってくれなかったらって思うとゾッとするよ。ありがとね」
　あのメモを拾って、先生がそれをクラスメイトの前で読みあげたらって考えただけでも背筋が冷たくなる。
　あれだけ見たら、授業中にあたしから日向くんに連絡先を渡してアプローチしているみたいだもん。
　すると、日向くんは意外な言葉を放った。
「いや、急いで拾ったのって自分のためだから」
「自分のため？」
「そう。俺、前から奥山の連絡先聞きたいって思ってたから。あそこであの紙取りあげられたら連絡できなくなるし、嫌だった」
「……っ」
　日向くんが、どういうつもりでそんなことを言っているのかはわからない。
　ただ、心臓がバカみたいに大きな音を立てて鳴りはじめる。
　体温が急上昇しているみたいにカーッと全身が熱くなる。
「でも日向くんには……女の子の友達たくさんいるでしょ？

あたしの番号なんて知ってもなんの得もないと思うよ？」
「奥山の番号が知りたかっただけ。ダメ？」
「ダメじゃないけど……」

　耳が熱くなり、照れ隠しに言うと、突然日向くんが「あっ」となにかを思いついたかのように声をあげた。
「なぁ、もうすぐチャイム鳴るじゃん？」
「そうだね」

　たしかにあと5分ほどで授業が終わり、昼休みになる。
「今から行けば余裕で新作パン買えるよな？」
「あぁ……うん、たしかに」

　校舎は3年生が2階、2年生が3階、1年生が4階だ。
　チャイムが鳴ってから教室を飛び出して1階の購買へ向かうには2階の3年生が圧倒的に有利だ。
「行っちゃわね？」
「えぇ!?　——今から!?」

　そう言うと、日向くんがあたしの口をパッと手で覆った。
「そんなでかい声出したら、バレる」
「ご、ごめんね。でも、今は授業中だよ？　しかも、廊下に立たされてるのに購買にパンを買いにいったって知れたら大変なことになっちゃうよ」
「大丈夫だって。バレたら俺のせいにすれば」
「そんなことできないよ」
「できるできる」

　日向くんはそう言うと、あたしの手をつかんだ。
　う、嘘でしょ!?

「──行くぞ」
　日向くんに引っぱられて、静かな廊下をできるだけ足音を立てないように気をつけながら走る。
　まだ、どのクラスも授業中。
　あたしと日向くんの上履きが鳴らす、乾いた音が廊下に響く。
　つながれている日向くんの手のひらの熱に、頭がクラクラしてきた。
　あたしの手をすっぽり覆ってしまうぐらい、大きな日向くんの手のひら。
　日向くんって女の子みんなにこういう風に接するのかな？
　優しくしたり、手をつないだり、笑いかけたり。
　そういうこと……みんなにしているのかな？
　そう考えると、なぜか胸がざわつく。
　こんな気持ちになったのは生まれて初めてだった。
　ダメダメ。あたしだけが特別なわけじゃないんだから。
　自分を戒めながらも、ほんのちょっぴり期待してしまう。
　手のひらを通じて、この気持ちが日向くんに伝わりませんように……。
　あたしはそんなことを願いながら走り続けた。


「それで、日向と一緒にパンを買いに購買に行ったと、そういうこと？」
「うん」
「で、限定５個のパンの売り出し日が今日じゃなかったと」

「そう」
「オチが教室に戻ってきて、ふたりで先生にこっぴどく怒られたっていうね。……アンタたち、アホだわ」
「……たしかにアホだね」

　あきれ顔の京ちゃん。

　反論することはできない。

　たしかに、あたしたちは京ちゃんの言うとおりアホだったから。

　あのあと、購買に一番に到着したあたしたちが、息を切らしながら新しいパンを頼むと、購買のおばさんは申し訳なさそうな表情を浮かべた。

『新しいパン？　あぁ、それなら明日からだよ。今日からの予定だったんだけど、今朝になって予定が急きょ変わったのよ。ごめんね』
『え!?　明日……？』
『マジかよ……』

　おばさんの言葉に、あたしと日向くんは顔を見あわせてブッと噴きだした。
『やっぱりズルはしちゃいけないってことだね』
『だなー』

　結局、授業をサボって購買に向かった意味はなにもなかったけれど、楽しかった。

　日向くんといると楽しい。

　日向くんと過ごす時間が、あたしにとってはすごく新鮮だった。

「でもね、日向くんがお詫びにってパンとオレンジジュースをくれたの」

　日向くんに買ってもらったクリームパンを頬張る。

　購買のクリームパンを食べるのは初めてじゃないのに、不思議といつもよりおいしく感じる。

「日向くんてね、一番好きな飲み物がオレンジジュースなんだって」

「ふぅん。日向ってオレンジジュースが好きなんだ」

「そうそう。いつもはコーヒーとか飲んでるイメージだったのに意外だよね」

　そのとき、正面から痛いほどの視線を感じた。

「な、なに？」

「花凛ってば日向のこと好きになっちゃったの？」

「……へっ!?」

「その反応からしてまちがいないわ」

「ち、ち、ちがうって!!　京ちゃんの勘ちがいだよ!!」

　必死になって否定する。

　べつに日向くんのこと好きとかそういうんじゃない。

　たしかに隣の席で話すことは多いかもしれないけれど、特別な感情を抱いているわけじゃない。

「あたしはいいと思うけど？　たしかにライバルは多いかもしれないけど。でもさ、日向って非の打ちどころがないんだよね〜。なんでも完璧だしさ。なんなんだろ。サイボーグみたい」

　サイボーグかぁ。

だけど、京ちゃんの言っていることもわかる気がする。
「たしかにそうだね」
　日向くんは京ちゃんの言うとおり完璧だ。
　勉強は常に学年トップクラスだし、足も速いし運動もできる。
　茶色くきれいにセットされたやわらかそうな猫っ毛の髪。
　180センチ近い身長、長い脚、筋肉のあるしなやかな腕。
　中性的な顔立ち、奥二重の茶色い瞳、きれいな鼻筋、薄い唇。
　普段は大人っぽいのに笑うと女の子より可愛い。
　いつもいい匂いを漂わせているし、男くささを感じさせない。
　明るくてクラスのムードメーカーだし、いつだって目立つグループの中心にいる。
　日向くんがいるだけで場の雰囲気が明るくなる。
　校内一のモテ男だけど、それを鼻にかけたりもしない。
　誰に対してもわけへだてなく接してくれるし、隣の席のあたしにだって気さくに声をかけてくれる。
　そういうところが、日向くんがみんなに好かれる理由なんだろう。
　でも、日向くんのすごいところはそれだけじゃない。
　彼はとにかく女の子にモテる。
　モテるという言葉では収まらないほどの人気。
　２年生に進級してから数日で、新入生の子数人に告られたって風の噂で聞いた。

「でもさ、完璧な人間なんているはずないじゃん？　日向の弱点ってなんだろうね〜」
「日向くんの弱点か……」
　一生懸命考えてみても、なにも思い浮かばない。
「これといってない気がするね」
　あたしがそう言うと、京ちゃんが「あっ」と声をあげた。
「日向ってあんなにモテるのに、誰かと付き合ってるとか聞いたことなくない？」
「あぁ……そういえば」
「もしかして、アイツ、女に興味がなかったりして」
「まさか」
　でも、そうだとしたら今までの日向くんの行動もうなずける。
　あたしのことをさらっと『可愛い』と言ったことも、手をギュッとつないだことも。
　日向くんがあたしを異性として意識していない証拠かも。
「——ありえるかも」
「いや、ありえないだろ」
「ううん、ありえるよ‼」
　そう口にしたところでフリーズする。
　あれ、今ありえないって言ったのって……。
　声のするほうへ視線を向けると、日向くんが眉間にしわを寄せてあたしを見つめていた。
「お前らさー、誤解してるっぽいけど、俺、男に興味ないからな」

「日向くん……」
　驚いて目を見開くあたしの頭を、日向くんは仕返しとばかりに手でグシャグシャにする。
「わわっ、ちょ、ちょっと」
「俺が好きなのは女だから。男じゃねぇよ」
「わ、わかったよぉ……」
　乱れた髪を必死に整えていると、日向くんがあたしの顔をのぞきこんだ。
「前髪、おろしてんのも似合うかもな」
「えっ？」
　顔をあげると、日向くんと目が合う。
　その瞬間、ニッと日向くんが子どものように無邪気な笑顔を浮かべた。
　そして、次の瞬間日向くんの指先があたしの前髪に触れた。
「あぁ、やっぱ似合う。これも可愛い」
　あたしの前髪を指先で整えながらブツブツなにかを漏らしている日向くん。
　鼓動が急激に速くなる。
　今日の５限の授業はなんだったっけ。
　えっと、生物だったっけ。えっと、６限はえっとえっとえっと……。
　あたしは日向くんの指先に気持ちが集中しないようにあえて意図的にちがうことを考えようとした。だけど、どうがんばっても結局は意識が前髪にいってしまう。
　耳まで赤くなっていくのがわかる。

男の子に対しての免疫は低いほうだって自覚はしてるけど、息が止まりそうなほどドキドキして、身動きが取れなくなってしまうなんて思ってもいなかった。
「はいはい、ストップ。日向、花凛がまたフリーズしてる」
「あ、わりぃ」
　京ちゃんの言葉に日向くんがハッとして手を引っこめる。
　日向くんの指先があたしから離れた瞬間、ようやくまともに息が吸えるようになった。
「ううん、大丈夫。あたし、あんまり男の子に触られるのって慣れてなくて」
「いや、勝手に触ってごめんな」
「ううん、謝らないで。あたしひとりっ子で男兄弟もいないから。それに……」
　お父さんもいないから。
　そう言いかけて、あわてて言葉を濁す。
　――また思い出してしまった。
　5年前、あたしがまだ小5だった頃のことを。
　目をつぶると痩せ細った父の弱々しい姿がよみがえる。
　症状が出て病院へ行き、診断がついた頃には父の病気はもう末期で手のほどこしようがなかった。
　そのため、父は病院ではなく家で残りの時間を送ることになった。
『花凛、手を貸して』
　体は小さくなってしまったのに、父の手のひらはあたし

のものとはちがって分厚くて大きくてとても温かかった。

父の手に触れると、父は優しく微笑みながらギュッとあたしの手を握る。

昨日よりも握力(あくりょく)が弱っている気がした。

その手のひらを握りしめながら、

『お父さんの手って温かいね』

そう言ってあたしは笑った。

少しでも下を向けば涙がこぼれ落ちてしまいそうで。

あたしは幼いながらにぐっと涙をこらえて笑った。

ここで泣いたらダメ。

泣きたいのも苦しいのも、あたしじゃない。

あたしが泣いたら父に心配をかけてしまう。

悲しくても。

つらくても。

さみしくても。

切なくても。

あたしは父の前でだけは笑顔を絶やさずに、明るく振るまった。

そして、父のいる部屋から出ると、声を出さずにその場に座りこんで膝(ひざ)を抱(かか)えて泣いた。

父との別れが近いことを、あのとき、あたしは幼いながらも敏感(びんかん)に感じとっていた。

「……りん、花凛ってば」

「えっ？」

「ちょっとー、どうしたのよ。急に黙るからビックリしたよ」

ハッとして顔をあげると、京ちゃんと日向くんが不思議そうな顔であたしを見つめていた。
「ご、ごめん!!　あたし、ちょっとトイレ行ってくる」
　そう言って立ちあがると、あたしは逃げるように教室を飛び出した。

　もう５年も前のことだというのに、いまだに父のことを思い出すと痛いほどに胸が締めつけられる。

　父は30代で転職し、学生時代からの親友と地元にFL社という小さな会社を立ちあげた。

　地元の名産品や農作物などを、様々な方法で全国に宣伝し、販売していた。また、町おこしの一環として観光名所のPRも積極的に行っていた。

　父は生まれ育ったこの町が大好きだった。

『どこかへ旅行に行っていても、地元に帰ってくるとホッとする。ここは俺の居場所だ』と口癖のように言っていた。

　地域に密着した会社で、近くに住む老人や子どもを招いて年に数回盛大な無料イベントを開催したり、積極的にボランティア活動も行っていた。

　町おこしの成果で移住してきた人には、早く町に慣れてもらえるようにと手助けもしていた。

　不良と呼ばれる若者が更生できるようにと、積極的な声掛けも行っているようだった。

　町行く人には常に笑顔であいさつすることを心がけていたし、平日、学校へ行かずにブラブラと駅前を歩く高校生には、

『お疲れ様。今日は早帰りかい？』

と親しげに話しかけたりもしていた。

無視されたり、苛立って向かってきた若者もいる。

それでも父は懲りなかった。

『どうした？』

『大丈夫か？』

『話してみたらスッキリするかもしれないぞ？』

父は、相手が心を開いてくれるまで決してあきらめなかった。

『自分が中高生のとき、たくさんの悩みがあったように、きっと今の子どもたちもたくさんの悩みを抱えているはずだ。SOSを発したくても親や友達や恋人には言えないことだってあるだろう。みんな根はいいヤツなんだ。だから、俺は彼らのことを少しでも理解してあげたいと思ってる。なにかサポートできることがあれば全力で支える』

父の言葉を、あたしはいまだに覚えている。

父のがんばりの成果は着実に表れていた。

あたしが小学生のとき、父と駅前に遊びにいったときのこと。前から強面の金髪の若者が歩いてきた。

眉間にしわを寄せたお兄さんは、ポケットに手を突っこみながら体を揺らして歩く。

サラリーマン風の男性が、彼に冷たい視線を浴びせてスッと道を譲る。

すれちがいざま父を見てお兄さんは、

『あっ!!』

と声をあげた。
　思わずびくっと体を震わせたあたし。
　怖(こわ)いお兄さんにからまれてしまうのではないかと、心配して父を見あげると、父はお兄さんを見つめて目を細めて笑った。
『久しぶりだなぁ』
『やっぱ、奥山さんだ!!』
　強面(こわもて)のお兄さんは細い目をさらに細めて笑った。
『最近、調子はどうだい？』
『いや、それがマジ大変なんっすよー』
『うんうん。どうした？』
　お兄さんと父の会話をあたしは黙って聞いていた。
　親しげに話すふたりの空気は温かくてやわらかかった。
　父が目指していたのはこういうことなのかもしれないと、幼心に感じた。
　父は人と人とのつながりを大切に思っていた。
　きっと、お兄さんともなにかをキッカケにつながったにちがいない。
　年も住んでいる場所も環境もちがう者同士でも、こうして打ち解けあうことができる。
『奥山さんがいなかったら今の俺はここにはいないから。マジ、ありがとうございます！』
　あたしと父に手を振って去っていくお兄さんの笑顔に、あたしまで温かい気持ちになったのを覚えている。
『お父さんはどうしてそんなに仕事をするの？』

毎日仕事に打ちこんでいる父に聞いたことがある。
　どうしてそんなに仕事をがんばっているのかと。
　すると、父はキラキラとまぶしい笑顔を浮かべながら答えた。
『父さんは、この町が大好きなんだ。だから、この町をたくさんの人に知ってもらって、住むことで幸せだなって思ってくれる人がひとりでも増えたらうれしいんだ』
　利益を優先することなく、人と人とのつながりを大切にしようとする、そんな父をあたしは誇りに思っていた。
　父が病に倒れたのは、立ちあげた会社がようやく軌道に乗りはじめたという頃だった。
　仕事人間だった父は、病気が発覚したあとも仕事を続けた。
『仕事はお父さんの生きがいだ』
　そう言う父を誇らしく思っていた。
　けれど、父の願いもむなしく、ある日父が肩を落として帰ってきた。
　その日、父と母が夜遅くにリビングで話していたのをこっそり聞いてしまった。
『クビになったよ』
　そう言って頭を抱える父を、母は必死に励ましていた。
　あのとき、父は泣いていたのかもしれない。
　丸くなった父の背中が少し小さく見えた。
　今まで一度だって涙を流すことのなかった父が見せた、最初で最後の涙。
　その日の記憶は５年以上経った今も色あせることなく、

つらい記憶として胸に刻みこまれている。
『もう一度、働かせてくれないか？』
『どんなことでもやる。だから、頼む』
　一緒に会社を立ちあげた親友に、何度も電話をかけていたのをあたしは知っている。
　けれど、父の親友が首を縦に振ることはなかった。
　それから、父の容体は悪化していった。
　末期のすい臓ガンだった。
　生きがいだった仕事を取りあげられたからか、それとも急激に病状が悪化したのか、今となってはわからない。
　徐々に食欲がなくなり、薬の副作用で食べられるものが減り、痛みが強くなり、薬の量ばかりが増えていった。
　体はむくみ、顔色は悪くなり、寝ている時間が増えた。
　弱っていく父の姿を間近で見るのはつらかった。
　父のためになにかをしてあげようと思っても、あたしは無力で。
　父の手を握りしめて声をかけることしかできなかった。
『お父さん、今日は風が強いよ』
『今日ね、席替えしたんだよ』
『給食でシチューがでたの！　おかわりまでしちゃった』
『今日ね、友達と宝探しをしたんだよ』
　その日にあったとりとめのない話を、あたしは延々と繰り返した。
『花凛は宝物探しが好きだね』
　父はあたしの話を聞きながら、カサカサになった唇を動

かして相槌(あいづち)を打ってくれた。
『うん！　大好き!!』
『じゃあ、今度父さんもなにか隠してみようかな』
『いいよ。花凛、すぐに見つけちゃうから!!』
　あのとき、どうしてあんな話ばっかりしていたんだろうって、今になって思う。
　もっと言いたいことがあったんだ。
　もっと伝えたいことがあった。
『お父さん、大好きだよ』
『ありがとう』
　もっと、自分の気持ちを素直に父に伝えればよかった。
　……ねぇ、お父さん。
　ごめんね。
　あたし、お父さんにたくさんの嘘をついた。
　お父さんが最後まで必死に生きようとしていたから。
　病気を治して、また職場復帰することを願っていたのも知っていた。
　薬を飲み忘れることは一度もなかったし、主治医の先生の言いつけはすべて守った。
　筋力を衰(おとろ)えさせてはいけないと、ベッドにいる時間を極力短くして部屋を歩いたりした。
　一度も弱音を吐かず、自暴自棄(じぼうじき)になることもなく、生きることをあきらめなかった。
　父は必死に生きた。
　命が尽(つ)きるその日まで。

そんな父にあたしはいつもこう繰り返した。

『大丈夫だよ』と。

　本当は大丈夫じゃないとわかっていたのに、何度もそう言った。

『父さん、痩せただろう？』

　そう言われると、『そう？　お腹すごい出てるよ』と言って平気な顔で笑った。

　本当は全部、嘘だった。

　父が病気になる前は、これから先、当たり前のように年を取って、おじいちゃんになっていく父しか想像したことがなかった。

　いつかあたしも誰かと結婚して、子どもを産んで、父がおじいちゃんになって孫を抱っこする。

　世話好きで子ども好きな父が、孫を溺愛する姿が容易に想像できる。

　でも、そんな当たり前が当たり前なんかじゃないって、日に日に弱っていく父を見てようやく気がついた。

『普通』に生きることの幸せに気づいたときには、もう遅くて。

　桜が散り、春の終わりを感じさせる４月の下旬。

　父は夜中の１時にひっそりと息を引きとった。

　あたしは父になにもしてあげられなかった……。

　後悔ばかりが募る。

　父は最後どんな気持ちだったんだろう……。

　５年経った今でも、あたしは父の死から立ち直れずにいる。

## 優しい体温

「なんか最近、楽しそうじゃない?」
　いつものように購買にパンを買いに行く途中、京ちゃんがニヤニヤ笑いながら尋ねた。
「そう?」
「なんかいいことでもあった?　まさか、日向と進展があったとか?」
「ないない。ていうか、あたしべつに日向くんのこと好きとかじゃないからね」
「そうなの?　でも、日向はあきらかに花凛のこと気に入ってるじゃん。いつも花凛のこと見てるし」
「あはっ。京ちゃんってば考えすぎ。隣の席だからだよ」
「いやいやー、あたしの目に狂いはないはず」
　京ちゃんがブツブツと独り言をつぶやく横で、あたしはぼんやり日向くんのことを思い浮かべた。
　たしかに日向くんとはよくしゃべるし、番号を交換したあとは通話アプリでやりとりしたりしている。
　でも、それが特別かと聞かれればきっとそうじゃない。
　日向くんは人気者だし、あたしだけが特別なわけがない。
「もしかしてパン買いに行くところ?」
　購買まであと少しというところで突然、前から来たクラスメイトが声をかけてきた。
「うん」

「なんか今日、配送の手ちがいがあってパンが届いてないんだって。あたしたちも今買いにいったんだけど売ってないの。購買のお弁当もほとんど売り切れだって」
「え……。そうなの？」
「うん。でね、急きょ近くの移動販売のパン屋さんに頼んだみたい。もう校庭にきてるみたいだから、なくなる前に急いで買いにいったほうがいいよ？」
「そうなんだ……。わかった。ありがとう！」
　クラスメイトにお礼を言って、京ちゃんのほうに向き直る。
「京ちゃんどうする……って、京ちゃんはお弁当があったね」
　購買でパンを買うあたしに付き合って、京ちゃんはいつも購買横の食堂で一緒にお昼を食べてくれている。
　京ちゃんはお弁当の包みに視線を移したあと、
「これでよければ一緒に食べようか」
　と、包みを持ちあげた。
「ううん!!　大丈夫だよ。あたし、今から買ってくるから京ちゃん先に食べてて？」
「今からじゃ間に合わないかもよ？　一緒に食べようって」
「大丈夫だよ。ありがとう！　じゃあ、行ってくるね!!」
　クルリと背中を向けて走りだす。
　「花凛！」と京ちゃんがあたしを呼ぶ声がする。
　聞こえていたのに聞こえていないふりをして、あたしは足を速めた。
　——父が亡くなってから、専業主婦だった母は生活を守

るために働きはじめた。

　近くのお弁当屋さんで朝から晩まで仕事をし、帰ってきてから掃除、洗濯、炊事などの家事をする。

　母は一度だって弱音を吐かなかった。

『花凛のこと頼むってお父さんに頼まれたから。ちゃんと約束守らないと、天国にいるお父さんに怒られちゃうわ』

　母はいつだってそう言って明るく笑った。

　あたしが知る限り、母が泣いたのは父のお葬式の日だけだった。

　それからは、父の死の悲しみを振りはらうように働き続けた。

　けれど、無理をしていたのを知っている。

　だから、あたしは母にもたくさんの嘘をついた。

　今だってそうだ。

『高校の友達、みんなパンとか学食で食べてるからお弁当作らないでいいよ』

　心ではお弁当を作ってもらいたいと思っていても、母の負担を増やしたくないからと嘘をついている。

　小学生のときも、忙しい母に迷惑をかけたくないからと参観日のプリントをランドセルに隠したりした。

　夜だって本当は一緒に食卓を囲みたい。

　だけど、そんなワガママなんて言えない。

　母があたしのために一生懸命にがんばってくれているのを、あたしは誰よりも知っているから。

　……知っているから。

足もとに視線を落として歩いていると、
「──奥山」
　突然、すれちがいざまに誰かに腕をつかまれた。
　顔をあげると、日向くんが不思議そうな表情を浮かべていた。
「どうしたんだよ」
「あぁ……うん。なんか今日パンが売ってないみたいで」
「らしいな」
「うん。あっ、でも校門のところに移動販売のパンやさんが来てるみたいだから」
「もう売り切れたって」
「え？　そうなの？」
　もう売り切れちゃったのか……。
　ハァ。しょうがない。今日はお昼抜きかぁ。
　そう心の中でため息をついたとき、
「屋上いくぞ」
　そう言って日向くんがあたしの腕を引っぱった。
「え？」
「パン、食うだろ？」
「あたし持ってないよ？」
「いいから、いくぞ」
　そう言って、強引にあたしを引っぱって屋上を目指す日向くん。
　あたしは仕方なく、素直に日向くんに従って歩き続けた。
　屋上に着くと、日向くんはいくつかのパンをあたしに差

し出した。
「奥山が好きなの選んでいいから」
「えっ?」
「はやく」
「でも……」
「3秒以内に選ばなかったら俺が全部食うから。1、2……」
「わかった!!　選ぶよ!!　選びます!!」
　あたしは迷わず大好きなクリームパンを手に取った。
「でも、本当にあたしがもらっちゃってもいいの?」
「あぁ」
「ありがとう、日向くん」
　日向くんの言葉に甘えて、あたしは大好物のクリームパンを頬張った。
「おいしい!!　日向くん、本当にありがとう!!」
　思わず笑みが漏れる。
　その隣で、あぐらを組みながらメロンパンを頬張る日向くんは、あたしを見てくすっと笑った。
「そんなにうまいか?」
「うん、おいしいよ。お昼抜きだと思ってたから本当に助かったよ〜。あっ、そうだ。お金……」
「そんなのいらねぇよ」
　日向くんはぶっきらぼうに言って、あたしから顔をそらした。
　あたし、日向くんに助けられてばっかりだ。
　あのときも……。

あたしは日向くんに助けられたんだった。
　手もとのクリームパンに視線を向けると、去年の記憶がよみがえってきた。
　１年生のときに行った遠足は、家からのお弁当を持参することが決められていた。
　お昼の時間になり、それぞれ好きな場所で昼食をとることになった。
　そのとき、日向くんのいるグループがあたしと京ちゃんのすぐそばにいた。
　派手な男子は、お母さんが作ったお弁当は避(さ)けてコンビニで買ったパンやおにぎりを持ってきていた。
　だけど、日向くんはちがった。
『あれ？　洸輝、弁当持って来たの？　つーか、お前の母ちゃんすげぇ料理上手じゃね？』
『マジだ。うまそうじゃん!!』
『だよね～。超おいしそう！　あたし、洸輝のお母さんに料理習いたいんだけど～』
『それいいかも！』
　男女数人が、日向くんのまわりを取りかこんで騒(さわ)いでいる。
『ていうか、今日ってお弁当持ってこなくちゃいけなかったんだよ～？　アンタたち、お母さんに作ってもらえなかったわけ～？』
　すると、いつも日向くんの近くにいる派手な取り巻きの女の子が大声で言った。
　あたしはそのとき、コンビニで買ったパンの包みを持っ

ていた。

　とっさにクリームパンを隠そうとしたけれど、一歩遅かった。
『いや、べつにそういうんじゃねぇし。つーか、あそこの子も弁当持ってきてねぇじゃん』
　あそこの子が、あたしをさしているとすぐにわかった。
　京ちゃんを含めて、あたしの近くにいた女子はみんなお弁当を持ってきていたから。
『ねぇ、そういえばさ、あの子って……お父さんいないんじゃなかったっけ？　お母さんが働いてるから忙しいんじゃない？』
　どこから漏れた情報かはわからないけれど、女の子の言葉は正しかった。
　奥歯を嚙みしめて、パンの包みを握りしめる。
『マジで？　なんか、かわいそうだな』
『だよね～。だけどさ、ちょっとうらやましくない？』
　ドクンッと心臓が不快な音を立てる。
『うるさい父親がいないからなんでもやり放題ってこと？　だったら、あたしは母親がいないほうがいいかも。毎日いちいちうるさいんだよね～』
『わかる～！　キャハハハハ』
『親いなければ好きなことできるもんね～』
　日向くんの取り巻きたちの声は大きく、こちらにすべて筒抜けだった。
　やめて。

もう、やめてよ。
　思わずうつむく。
　親がいなければ好きなことができるっていうのはちがうよ。
　親がいるからこそ、好きなことができているの。
　親がいるからこそ、今だってそうやって親のグチが言えるの。
　もしいなくなったら、好きなことなんてできなくなる。
　今のような生活が一変してしまう。
　当たり前が当たり前なんかじゃなくなるの。
『なにあれ、最低！　ちょっとあたし文句言ってくるから』
　うちの家庭事情を知っている京ちゃんが、怒って腰をあげようとしたとき、
『お前ら、親のありがたみわかんねぇのかよ。いるのが当たり前じゃねーぞ』
　今までずっと黙って話を聞いていた日向くんが、口を開いた。
　その言葉に、あたしに向けられていた冷たい視線がいっせいに日向くんに向けられる。
　思わずあたしも日向くんに視線を向けた。
『おいおいおい、洸輝、お前そういうキャラだっけ？』
　ひとりの男子が茶化すように笑うと、無表情だった日向くんはニッと笑った。
『そういうキャラ。俺、マザコンだから』
　そのひと言に、その場にいた全員がゲラゲラと笑いころ

げる。
『ちょっと、洸輝ってば〜!!　自分のことマザコンとか言うってありえないって〜!!』
『でも、洸輝の母ちゃんってめっちゃ美人っぽくね？　料理もうまいし最高じゃん』
『あ〜、わかる〜!!　絶対美人だよね〜。洸輝からなんとなく想像できるし』
『つーか、洸輝んちって父ちゃんは社長だぜ？』
『え〜!!　マジで〜？　すごくない？』
　日向くんのひと言で場の雰囲気が変わり、彼らの意識があたしからそれる。
『ハァ……まったく。花凛、さっきの気にしちゃダメだよ？』
『ありがとう』
　京ちゃんにお礼を言って微笑んだとき、京ちゃん越しに日向くんと目が合った。
『え……？』
　まわりで騒いでいる友達たちに気づかれないように日向くんは、
『ごめん』
　たぶん口パクでそう言っていた。
　もしかして……。
　そのときふと思った。
　日向くんが自分を『マザコン』と言ったのは、まわりにいるみんなの意識をあたしからそらすためだったの？
　その優しい気遣いが、あたしにとってすごくうれしかった。

『ありがとう』
　あたしも口パクで返した。
　すると、日向くんがニコッと笑った。
　子どものような笑顔を浮かべる日向くん。
　今までかかわり合いのなかったあたしにまで、そんなに優しく微笑んでくれるなんて。
　なんだかうれしくなって、あたしも日向くんの笑顔につられて微笑んだ。
　あのとき一瞬だけ、あたしと日向くん、ふたりだけの世界が生まれたような気がしたんだ——。
「そんなこともあったかもな」
「覚えてない？」
「なんとなくは覚えてる」
「あたしは……うれしかったんだけどな」
「なんで？」
「もしかしたらあたしの勘ちがいかもしれないけど、あのとき、日向くんさ……」
　そう言いかけると、日向くんはあたしの言葉を待たずに謝った。
「……あのときはごめんな」
　日向くんの突然の謝罪に思わず瞬きを繰り返す。
「もっと早くアイツらとめればよかった」
「そんなことないよ。日向くんのおかげで助かったよ」
「いや、でも」
「でもさ、日向くん、覚えてないって嘘ついたでしょ？」

かぶせるように言うと、日向くんは困ったように「わりぃ」とまた謝った。
　日向くんが謝る必要なんてないよ。
　あたしを思って嘘をついてくれているって、ちゃんとわかっているから。
　日向くんは、いつも人より先回りして物事を考えている気がする。
　そこまで気遣いできる人に出会ったのは、日向くんが初めてだ。
「あそこで覚えてるって言ったら、嫌なこと思い出させるかもしんねぇなって」
「大丈夫だよ。ありがとう。それに、この話をし始めたのあたしだよ？」
「あー、だよな」
「そうそう」
　そう言って微笑むと、日向くんも納得したようにうなずいた。
「ごちそう様でした」
　パチンっと両手を合わせてから、日向くんにもう一度お礼を言う。
「すごいおいしかった。ありがとね」
「奥山の腹が満たされたならよかった」
「なんかその言い方、嫌だなぁ。すごい食い意地張ってるみたい」
「バーカ。べつに変な意味じゃねーし」

日向くんにつられてあたしも微笑む。
　おだやかで心地のいい時間が過ぎる。
「あたし、屋上に来たの初めてだよ」
　ゆっくりと立ちあがって、ぱんぱんっとスカートについた汚れを落とす。
「日向くんはよく来るの？」
「たまに来る。いつも誰もいないし、晴れてるときは気持ちいいし」
　立ちあがった日向くん。
　隣に立つとやっぱり背が高い。
　158センチのあたしが見あげてしまうぐらいの身長差。
　太陽の光に反射して、日向くんの茶色い髪がキラキラと光る。
　耳についた小ぶりのシルバーのピアス。
　日向くんの存在は今のあたしにはまぶしすぎる。
「ん？」
　視線に気がついた日向くんが、不思議そうにあたしを見つめる。
　あたしはあわてて言葉を発した。
「日向くんはいいなぁ。料理上手なお母さんがいて、お父さんは社長さん……だっけ？」
　なんの不自由もない生活を送っている日向くん。
　友達もたくさんいて、女の子にもモテて、勉強だって運動だってなんでもパーフェクトにできて。
　見た目だって完璧だし、性格だっていい。

欠点がなにひとつ見つからない。
　あたしは欠点だらけでいいところを見つけるほうが難しいのに。
　優柔不断だし、不器用だし、心配性。
　運動も勉強も人並にしかできない。
　友達を作るのもすごい勇気を出さないといけないし。
　自分から声をかけるのはちょっぴり苦手。
　でも、日向くんはあたしができないことをサラリとやってのけるからすごい。
「べつによくねーよ」
　ふっと遠くを見て笑う日向くん。
「ううん、うらやましいよ。うちはお父さんがいないから」
「……いつから？」
「あたしが小５のときに病気で亡くなったの。もう５年も経つのに、いまだにお父さんのこと思い出しちゃうんだ」
「５年でも10年でも、いつまででも思い出せばいいだろ？」
「そうだね。でもね、あのときもっとお父さんにしてあげられることがあったのかもしれないなぁとか、今になっていろいろ考えちゃうんだ。今さら後悔したって遅いのにね」
　亡くなった父の話をしたのは、京ちゃんだけだ。
　それなのに、今どうしてこんな話を日向くんにしているのか、自分でもよくわからない。
　ただ、日向くんならちゃんと話を聞いてくれる気がした。
　そんな安心感が日向くんにはあった。
　日向くんは黙ってあたしの話に耳を傾けている。

「遠足のときも本当はお弁当持参だったでしょ？　うち、お父さんが亡くなってからお母さんが必死に働いてくれてるの。朝も早いし、夜も遅い。だから、お弁当作ってなんて頼めなくて。自分で作ろうかなとも思って一度チャレンジしたんだけどぜんぜんダメだった」
「そっか」
「なんかね、いろいろ考えちゃうの。もしもこれ以上お母さんに負担をかけて、お母さんまで病気になったらって。そう思ったら……すごく怖いの。もう大切な人を誰ひとり失いたくない」
「奥山……」
「あたしの中の時計の針は５年前から動いていない気がするんだ……」

　本心がこぼれ落ちた。
　５年間誰にも言えず、ずっと溜めこんでいた本心。
　言い終えると、ポロリと涙がこぼれた。
「ご、ごめん‼」
　泣くつもりなんかなかったのに。
　あわてて涙をぬぐっても、ぽろぽろと自分の意思に反して涙がこぼれ落ちる。
「当たり前って思ってることが、当たり前じゃないんだよな」
「え……？」
「ずっと続いていくって思ってたことが、突然終わりを迎えることもあるってこと。でもきっと奥山のお父さんも幸

せだと思う。今もこうやって思い出して泣いてくれる娘がいて」

　日向くんは優しいまなざしであたしを見つめながら、頭を優しくなでてくれる。

　よくお父さんもこうやってあたしの頭をなでてくれた。

『花凛』

　低い声であたしの名前を呼んでくれた。

　今もまだ、あたしはその声を色あせることなくハッキリ覚えている。

「いろいろつらいことがあったんだな」

　日向くんの優しい声にさらに涙腺（るいせん）がゆるむ。

「……ごめんね。急に泣かれて日向くんも困るよね」

　しんみりしてしまった場を明るくしようと、笑いながらゴシゴシと涙をぬぐう。

　すると、突然ふわっとなにかが体を包みこんだ。

「無理して笑うなって。泣きたいときは泣けよ」

　日向くんはあたしの体をギュッと抱きしめてくれた。

「ありがとう……日向くん……」

　あたしは、日向くんの脇腹（わきばら）のシャツをギュッと握りしめて泣いた。

　日向くんはあたしを抱きしめながら、片手で頭をなでてくれる。

「……っ……うぅ……」

　お父さんのことで、人前で泣いたのは初めてだった。

　今までどんなことがあっても泣かずにいられたのに、日

向くんの前では涙腺が壊れたかのように涙が止まらない。
　そのとき、屋上に休み時間の終わりを告げるチャイムが鳴り響いた。
「ごめん……もう大丈夫だから」
　涙をぬぐって日向くんから離れる。
　その瞬間、日向くんの熱がスッと体から消えて急に心細くなった。
「なんか、いろいろごめんね……」
　赤くなった目を見られたくなくて、うつむきながら日向くんの横を通りすぎようとした時、パシッと手首をつかまれた。
「名字で呼びあうのやめよう」
「……え？」
　至近距離で目が合い、ドクンッと心臓が震える。
「俺のことは洸輝でいいから。俺も、花凛って呼びたいし」
　向かいあうと急に照れくさくなって目をそらしてしまう。
「な、なんで……？」
　不意に口をついて出てしまった言葉。
　正直、どうして日向くんがあたしにいろいろなことをしてくれるのかわからなかった。
「特別だから」
　日向くんはハッキリとした口調でそう言った。
　その言葉の意味がわからず、さらに困惑する。
　特別っていったいなに？
「日向くんそれどういう——」

「洸輝」
「え?」
「また名字で呼んだ」
「あぁ、ご、ごめんね。えっと……」
　あらためて呼ぼうとすると、なんだか緊張する。
　男の子のことを名前で呼ぶのは初めてだから。
「こう……き」
「そう。今度名字で呼んだら罰ゲームな」
「えっ!? どうして!?」
「よし。教室戻るか」
　ニッと意地悪な笑みを浮かべる日向くん……洸輝はやっぱりカッコよくて。
　どうして、こんなにカッコいい人があたしなんかを構うのかぜんぜん理解できない。
　もしかして、からかわれてる……?
「――花凛、いくぞ」
　ぼんやりしていたあたしの手を洸輝がつかむ。
　名前を呼ばれて手を握られただけなのに、全身に電流が走る。
　甘酸っぱい感情が胸の中に込みあげた。それは今まで感じたことのない、言葉では言いあらわせない不思議な感情だった。
「う、うん!」
　あたしは大きくうなずくと、洸輝に手を引かれて屋上をあとにした。

## 発覚

　4月の下旬。
　父の6度目の命日。
　あたしは母と一緒に父のお墓参りにやってきた。
　お寺の門をくぐり父のお墓へ向かう途中、母は興味深々といった様子であたしを見つめた。
「花凛、最近なんだか楽しそうね。学校でいいことでもあったの？」
「……そう？　べつになにもないよ」
「本当に？　最近、頻繁(ひんぱん)にスマホいじってるし……もしかして彼氏でもできたの？」
　ニヤケ顔の母。
「できてないよ！」
　母の誤解を解こうとあたしは全力で首を横に振る。
　たしかに最近スマホを見る時間が増えた。
　ほぼ毎日のように、洸輝とメッセージのやりとりをしている。
　たいした用でなくても洸輝は頻繁に連絡をくれる。
　もちろん付き合っているわけでもないし、ただの友達として。
　だけど、洸輝の存在は確実にあたしの中で大きなものになりつつあった。
「そうなのね。でも、いつかお母さんがお父さんに出会え

たように、花凛にも大切な人ができたらいいわね」
　母はそう言うと、ほんの少しだけさみしそうに目を伏せた。
　母は6年経った今も、父を想っているんだろう。
　父と母はあたしが知る限り、一度だってケンカをしたことがない。
　幼い頃、友達にもよく『花凛ちゃんのお父さんとお母さんって仲よしだよね』と言われて、うれしかったことを今もよく覚えている。
「お父さんが亡くなってから……もう6年も経つんだね」
「そうね。今でもどこかにいそうな気がするし、『ただいま』って笑って帰ってくるような気がする。そんなことありえないってわかってるのにね」
「お母さん……」
「花凛にもさみしい思いをさせてごめんね」
「ううん、いいの。お母さんがあたしのためにがんばってくれてるの知ってるから」
　本心だった。
　母のがんばりは痛いぐらいにわかっている。
　もう少し手を抜いてもいいのにとすら思う。
　白髪が多くなり、少し痩せた母があたしは心配でたまらなかった。
「あら……」
　父のお墓の前まで来て母が声を漏らす。
　父の墓前に花がたむけられている。
　線香の煙もまだ立ちのぼっている。

あたしたちより先に、誰かがお父さんのお墓参りに来ていたようだ。
「誰が来てくれたのかしら」
「誰だろうね……」
「もしかしたら、お父さんの会社の人かもしれないわね。ほら、お父さんの親友の……」
「――それはないよ」
　母の言葉にあたしは顔を強張らせた。
　病気になったとたん、会社は父を切り捨てた。
　父が母に隠れて何度も電話をかけていたのを、あたしは知っている。
『頼む。仕事をさせてくれ』
『お願いだ……。まだやり残したことがあるんだ』
　父の悲痛な声が、いまだに耳にこびりついて離れない。
　病気になり、徐々に体の自由がきかなくなり、仕事を取りあげられた父の苦悩は痛いほどにわかる。
　父は亡くなる直前まで仕事のことを考えていた。
　そんな父から仕事を取りあげたのは……父が一番信頼を寄せていた親友だ。
「お母さんだって知ってるでしょ？　お父さんがどんな仕打ちを受けたか」
「花凛……あのね」
「この話はもういいよ。お父さんの前でこんな話したくない」
　母の話をさえぎって、花をたむけて線香に火をつける。

墓前に父の好きだったコーヒーを置き、両手を合わせる。
　ごめんね、お父さん。こんな話して。
　でもね、あたし、いまだに忘れられないの。
　あのときのお父さんの姿が……。
　親友と一緒にふたりで立ちあげた会社をクビにされ、何度頭を下げても職場復帰が叶わなかった父。
　信用していた親友の裏切りに父はひどく落胆(らくたん)していた。
　どうして父の親友が父を裏切ったのかはわからない。
　お葬式のときに初めてその姿を見たとき、胸がざわついた。
　父を裏切ったくせに、どうして平然とした顔でお葬式に参列できるんだろう。
　けれど、幼かったあたしは、拳(こぶし)を握りしめてギュッと唇を噛みしめることしかできなかった。
「そろそろいこうか？」
　お母さんの言葉にハッとする。
「あぁ、うん。そうだね」
　立ちあがって【奥山家】と彫(ほ)ってある墓石を見つめる。
　あたしはあの日から、人を信じることが怖くなった。
　父があんなに信頼していた親友からあっけなく裏切られたように、いつかあたしも大切な人に裏切られてしまうのかもしれない。
　そんな思いは薄れるどころか、今も日に日に大きくなっている。
「お父さん、またくるね。今度はビールを持ってくるから」
　お父さんに別れを告げてお墓をあとにする。

「お母さん、今日これからどうする？　あたし買い物行きたいんだけど。欲しい洋服があるの。あっ、その前にお昼でも食べに行く？」

　久しぶりの母の休み。

　一緒にいられる貴重な時間。

　母に目を向けると、母は少しだけ困ったように言った。

「花凛、ごめんね。お母さん午後から仕事が入っちゃって……。ここに来る前にパート仲間の娘さんが熱を出しちゃったって連絡が来たの。だから──」

　そっか。そういうことか。

「そっか。それなら仕方ないね。また今度にしよう？」

　あたしはニコッと笑って答えた。

　言いづらそうな母の代わりに、自分の気持ちをぐっとこらえる。

「でも、買い物に行きたかったんじゃないの？」

「いいの。急ぎじゃないから。あっ、仕事行くならここで別れたほうがいいよね？　あたし、誰か友達誘って一緒にご飯食べるから気にしないで？」

「ごめんね、花凛。今度の週末は休みとるからね。そしたらどこか──」

「あっ、友達から電話来た!!　じゃあ、お母さんまたねっ!!」

　鳴ってもいないスマホを取り出して、母に背を向けて走りだす。

　これでよかったんだ。

　あたしが我慢（がまん）すればみんながうまくいく。

母が見えなくなるところまで走り、立ち止まって呼吸を整える。
　でも期待していた分、少しだけ悲しい。
　急に目頭が熱くなる。
　ぐっと唇を噛んで我慢しようとしたとき、突然手もとのスマホが震えた。
「わっ、ビックリした」
　あわてて画面を見ると、そこには【洸輝】と表示されていた。
　たまに電話はかかってくるけれど、休みの日にかかってくるのは今日が初めてだった。
　一度大きく深呼吸してから電話に出る。
「……もしもし？」
『花凛、なにしてんの？』
「べつになにもしてないよ」
『マジか。今ヒマ？』
「うん」
『じゃあ、そこにいて』
「え？」
　答える間もなく電話が切れた。
　そこにいてって言われても、どこにいるか居場所を言っていないのに。
「洸輝はどこにいるんだろう……」
　ポツリとつぶやいたとき、「よお」という聞きおぼえのある声がした。

え……？　なんで？　どうして？
　目の前にいる洸輝に目を白黒させる。
「……こ、洸輝!?　なんでこんなところにいるの!?　あれっ？　今電話……」
「ちょっと驚かそうと思って」
「いつからいたの!?」
「さっき、前から花凛が歩いてきたから手あげたのに、ぜんぜん気づいてなかったから。なんか無視されたみたいで悔しかったから驚かせてやろうと思って」
　洸輝はニッと笑う。
「ごめんね。ぜんぜん気づかなかったよ」
「マジか。俺はすぐ花凛だって気づいたのに」
　さっき泣きそうになっていたの、洸輝に見られていないよね……？
　おそるおそる洸輝の顔色をうかがう。
「ん？」
「ううん、なんでもない」
　よかった。やっぱり見られていなかったんだ……。
　普段と変わらない様子の洸輝に、ほっと胸をなでおろす。
「ねぇ、洸輝はなんでここにいたの？」
「あぁ……べつに。たまたまヒマでブラブラしてただけ。花凛は？」
「あたしもそんな感じ……かな？」
　なんとなくそうごまかすと、洸輝はニッと笑った。
「つーか、今ヒマなんだったら飯いこうぜ」

「ご飯？」
「そう。もう食った？」
「ううん、これからだけど……」
「じゃあ、決定。花凛なに食いたい？　このあたりなんもないし、駅のほう行くか」
　洸輝はさらっとそう言って歩きだす。
　ご飯……って、ふたりで行くってことだよね？
　休みの日に、洸輝とふたりっきりでいることすら信じられないっていうのに、一緒にご飯？
　なんだかハードルが高い。
　もし、洸輝と一緒にいるところを学校の女子に見られたら、大騒ぎになりそうだ。
「花凛？　どうした？」
「あぁ、うん。ごめん、今いく!!」
　ついてこないあたしに気づいて、振り返る洸輝。
　あたしは小走りで洸輝の隣まで行くと、そろって歩きだした。
　駅前のファミレスはお昼の時間帯ということもあり、ほぼ満席だった。
　少しだけ待ってようやく席に通された。
「ねぇ、洸輝っていろいろ大変でしょ？」
「大変って？」
　向かいあって座ったあたしたち。
　その隣のボックス席に座っている高校生ぐらいの４人組の女の子が、洸輝を見てコソコソと内緒話をしている。

「どこに行っても注目浴びちゃって」
「いや、べつに注目浴びてないから」
　なんてことないように言う洸輝。
「そっか……。意外と慣れるものなのかな？」
　あたしにそういう経験はないけど、いつもそうだと慣れてしまってなにも感じなくなるのかもしれない。
　少しすると注文したものが運ばれてきた。
　洸輝はハンバーグ。あたしはドリア。
「おいしそう」
　思わず笑みがこぼれる。
　スプーンですくって口に運ぶと懐かしい味が広がった。
　父がまだ生きていた頃、家族３人でよくこのファミレスに来た。
　あたしはいつも、今食べているのと同じドリアを注文していた。
「──パパ」
　近くにいる家族連れ。女の子の声に思わず視線を向ける。
　楽しそうに笑う父と子。その隣で微笑む母。
　あたしにもこんな頃があったんだ。
　でももう、こんな日々は二度と帰ってこない。
　もう父に会えない。
　もう父としゃべれない。
　もう父の声を聞けない。
　もう、あたしは──。
「花凛」

「……え？」
「どうしたんだよ。笑ってたかと思えば今度は泣きそうな顔してるし」
　洸輝があたしの顔をのぞきこむ。
　洸輝と一緒にいるのにボーッとするなんて失礼だ。
「ごめんね、なんでもない」
　謝ってから再びドリアを口にする。
「なんかあったら、あんま溜めこまずに言えよ？」
「ありがとう」
　くすぐったい気持ちが体中に広がる。
　味わったことのないその感情がなんなのか、このときのあたしはよくわからなかった。
「そういえばさ、俺ずっと聞こうと思ってたんだけどさ」
「うん」
　食べ終えた頃、洸輝があたしの目をまっすぐ見つめた。
　茶色く澄んだ瞳に見つめられると、なんだか恥ずかしくて、目をそらしてしまいたい衝動に駆られる。
「花凛って彼氏いんの？」
「彼氏？」
「そう」
「いないよ。今まで一度もできたことないから」
「マジか」
「うん。なんか高２にもなって彼氏できたことないって、少し恥ずかしいよね。最近、まわりの友達もみんな彼氏できはじめてるし少しあせってるかも」

「べつに恥ずかしくないだろ」
　フォローしてくれる洸輝。
　あたしは一度間を置いてこう尋ねた。
「……洸輝は……彼女いるの？」
「俺？」
「うん」
　モテるし、たくさんの女の子から告白されているはずなのに、なぜか洸輝は彼女を作ろうとしない。
「……いる」
「え？」
「彼女、いるから」
　サラッと予想外のことを言いはなった洸輝に、目が点になる。
　え……。嘘。
　彼女……いたんだ。
　洸輝は彼女を作ろうとしないんじゃなくて、そもそも最初から彼女がいたっていうこと？
　だから、どの子がアプローチしてもムダだったっていうことなの？
「そっか。そうだよね……。いないはずないもんね」
　笑顔が引きつる。
　洸輝に彼女がいないほうがありえない。
　洸輝みたいな人を女の子が放っておくはずがない。
　チクっと胸の奥が痛む。
　どうして、こんなにも胸が締めつけられて痛むんだろう。

モヤモヤとした感情が心の中に広がる。
　すると、洸輝がふっと笑った。
「……いや、いないって。つーか信じるなって」
「え？　いないの……？」
「いない。いたら花凛と一緒に飯食いにいったりしないから」
「あっ、そっか……。そうだよね」
　自分でもビックリした。
　洸輝に彼女がいないとわかった瞬間、心の中のモヤがスーッと晴れて気持ちが明るくなった。
「でも、洸輝の彼女は大変そうだね。洸輝モテるし、心配が尽きないだろうなぁ」
　冗談っぽくそう言う。
　洸輝と付き合えても、洸輝が他の女の子に心変わりしちゃうんじゃないかって、毎日心配しすぎてどうかしちゃいそう。
　洸輝には女の子の誘惑も多いはず。
　彼女がいても、可愛い女の子に言いよられたら気持ちも傾くはずだ。
　洸輝も……彼女を裏切ったりするのかな……？
　あんなにも信頼していた親友に、父が簡単に裏切られたように……。
「大丈夫。彼女には絶対心配かけないようにするし、大事にする自信あるから」
　洸輝の言葉に胸がキュンっとする。

そんなこと言われたら、どんな女の子だって一発で落ちちゃうに決まってる。
　自分に向けられた言葉ではないとわかっているのに、あたしまでドキドキしてしまった。
「……あっ、そろそろ出る？」
　正直、この話を続ける自信がなかった。
　洸輝ならいつでも彼女ができるだろう。
　勝手に洸輝の彼女像を想像して、嫌な気持ちになってしまった。
「だな。いくか」
　洸輝が席から立ちあがると、隣の席の女の子たちがいっせいに洸輝に熱い視線を向ける。
　そして、その視線はスライドするかのようにあたしに移った。
　上から下まで見定められているような気がして、居心地が悪い。
　あたしは、逃げるようにレジへ向かう洸輝の背中を追いかけた。
「ごちそうさま。なんかごめんね」
「いいんだって。俺が誘ったんだし」
「ありがとう」
　ファミレスを出て洸輝にお礼を言う。
「まだ時間ある？」
「うん」
「じゃあさ、これから……」

そう言いかけたとき、
「あっれー!!　洸輝じゃん!!」
　背後からそんな声がした。
　振り返ると、クラスメイトの林(はやし)くんがこちらに向かって歩いてきた。
　お調子者でクラスのムードメーカーの林くんは、洸輝と仲がいい。
「あれ？　洸輝、なんで奥山と一緒にいんの？　まさかお前らデートか？」
「いや、さっきたまたま会って飯食ってた」
「マジか！　洸輝、よかったな〜!!」
「……ハァ？　お前、なにが言いたいんだよ」
　ニヤニヤと楽しそうに笑っている林くんに、洸輝は冷たい視線を投げかける。
　洸輝の隣で愛想笑いを浮かべていると、
「奥山、洸輝はマジでおススメだから」
　林くんはそう言ってあたしの肩をポンッと叩いた。
「おい、ヒロヤ。お前、なれなれしくすんな」
　洸輝が林くんの手を払う。
　それでも林くんは続ける。
「洸輝って男の俺から見てもいいヤツだから。それに、こいつって親も社長だし、金持ってんぞ〜！　結婚したら玉の輿(こし)だぞ〜？」
「あはは……。たしかに玉の輿だね」
　テンションの高い林くんに合わせてうなずく。

「洸輝って完璧だよな〜。父ちゃん社長で金持ちだし、カッコよくて女にもモテるし。勉強も運動もって……神様もなにかひとつくらい分けてくれてもいいのにな〜。ズルいよな〜」
「いや、俺はお前のその能天気さが欲しいから」
「……ハァ!? 洸輝、お前俺のことバカにしてんだろ」
「してねぇよ。つーか、お前んちは家族多くてにぎやかでいいじゃん。5人兄弟だし」
「いやいやいや、よくないだろ〜!? 末っ子の俺なんて母ちゃんに『アンタは絶対女だと思ってたのに』ってことあるごとに言われんだぞ〜? たまったもんじゃねぇよ」

　林くんと洸輝ってなんだか息がぴったりだ。
　ほほえましく思いながら、ふたりの会話に耳を傾ける。
「そういえば、洸輝のお父さんの会社ってなんていうの?」
　なにげなく洸輝に尋ねると、洸輝ではなく林くんが意気揚々と答えた。
「えっと、なんていったっけ……。あっ、そうだ!! FL。FL社っていうんだよ!!」
　FL……?
「え……」
　ドクンっと心臓が震える。
　時が止まったかと思った。
　林くんの声がくぐもって聞こえる。
　どうしてその名前が……?
　嘘だよ。そんな……ありえない。

「たしか、30代で会社立ちあげたんだよな？　若いのにすげぇよな」
「べつにすごくねぇよ」
「いや、すごいだろ」
　今……林くん……FL社って言った……？
　指先が小刻みに震えて喉の奥がキュッと詰まる。
　あたしの異変に洸輝も林くんも気づいていない。
　洸輝のお父さんがFL社の社長だとしたら……父を裏切ったのは洸輝のお父さんということになる。
　でも、そんな偶然あるはずない。
　あたしはごくりと唾をのみこんでから口を開いた。
「あのさ、洸輝のお父さんってなんていう名前……？」
　おそるおそる尋ねる。
　父の口からよく出てきた名前を、あたしは今も記憶している。
　『明』だ。
　もし、お父さんの名前が日向明だったとしたら──。
　心臓がドクンッと不快な音を立てて鳴り続ける。
　開けてはいけないパンドラの箱を開けてしまうような気がして。
　これ以上踏みこんではいけない。
　頭の中で警鐘が鳴りだす。
　ダメだ。やめておこう。今ならまだ引き返せる。
　これ以上聞かないでおこう──。
「ご、ごめん。やっぱりなんでもな──」

「……明。日向明」
　止めるより先に洸輝が答えた。
　その瞬間、すべての糸がつながった。
　──父を裏切ったのは、日向明。その人が、洸輝のお父さん……？
　思いがけない事実に愕然とする。
「嘘……」
　顔中の筋肉が強張る。
　視線が宙をさまよい、定まらない。
「花凛、なんか顔色悪いぞ？　大丈夫か？」
「うん……。大丈夫」
　なんとか絞りだすように答える。
「あっ、マジだ。おいおい、奥山大丈夫か～？」
　洸輝と林くんが心配そうにあたしの顔をのぞきこむ。
「どっかで休むか？」
「ううん、大丈夫だから」
　そう言いながらも、動揺が収まらない。
　洸輝のお父さんが……うちのお父さんを裏切ったっていうの……？
「大丈夫じゃないだろ。あっちのベンチに座って休めって」
「いいの。本当に平気だから」
「ダメだろ。こっちに──」
　洸輝があたしの腕をつかむ。
　その瞬間、頭の中がカッと熱くなった。
「いいから、ほっといて!!」

洸輝の手を振りはらうと、洸輝が驚いたようにあたしを見つめた。
「どうしたんだよ、急に」
　困ったような驚いたような複雑そうな洸輝の顔。
「ごめんね……。やっぱりちょっと調子悪いから……。あたし、帰るね」
「わかった。それなら、家まで送る」
「……大丈夫だから」
「でも……」
「お願いだから、ひとりにして」
　そう頼むと、洸輝はしぶしぶ聞き入れてくれた。
「わかった。気をつけて帰れよ？」
「うん……。ありがとう」
　笑顔を浮かべようとしたけれど、うまく笑えていなかっただろう。
　洸輝と林くんに背中を向けて歩きだしたと同時に、こらえていた感情が一気に涙となってあふれだす。
　ふたりに気づかれないように、うつむくことなく正面を向いたまま涙を流した。
　どうして。
　どうして、洸輝なの……？
　こんなにたくさんの人がいるのに、どうしてよりによって洸輝のお父さんなの……？
　ポロポロと涙が頬を伝う。
　神様はイジワルだ。

お父さんが亡くなったとき、そう強く思った。
　そして、今日、それをさらに強く感じた。
　すれちがう人が驚いた顔をしてあたしを見る。
　でも、そんなことも気にならないぐらい余裕がなかった。
　嘘だ、なにかのまちがいだって思いたい。
　現実を受け入れることを心が拒絶する。
　だけど、頭は冷静で。
　これがリアルだということを理解している。
　FL社の社長、30代で会社を立ちあげた、名前が明。
　そんな偶然が重なるなんてありえない。
　父を裏切った親友はまちがいなく洸輝のお父さんだ。
「どうして……。どうして……」
　鼻の奥がツンッと痛む。
「ひっ……っ……うぅ……」
　声を出さないようにしているのに、泣きすぎて嗚咽交じりになる。
　胸が痛いくらいに締めつけられる。
　左手で胸を押さえて右手で流れる涙をぬぐう。
　苦しい。
　苦しくて仕方がない。
　少し前まで笑顔でファミレスにいたのに。
『じゃあ、これから……』
　ファミレスを出たときに、洸輝が言おうとしていた言葉の続きはいったいなんだったんだろう。
　洸輝はなにを言おうとしていたの……？

今すぐ来た道を引き返して、その言葉の続きを聞きたい。
　でも……聞きたくても、もう聞けない。
　洸輝……。
　あたしもっと……一緒にいたかったよ。
　もっとたくさんの話をしたかった。
　もっともっと……洸輝のことを知りたかった。
　それに……あたしのことも知ってほしかった。
　いつからか、洸輝のことを考える時間が増えていった。
　隣の席になったことだけが理由じゃない。
　あたしの中で、洸輝という存在は確実に大きくなっていっていたんだ。
　日を追うごとに、その気持ちは風船のようにどんどんふくれあがる。
　洸輝と同じ香水をつけている人とすれちがうと、自然と目で追ってしまったりもした。
　洸輝の声がするだけでくすぐったい気持ちになったし、『花凛』と名前を呼ばれただけでドキドキした。
　見つめられるだけで、笑いかけられるだけで、心臓が破れてしまうぐらい高鳴った。
　こんな気持ちになるなんて思わなかった。
　最初から、洸輝と付き合えるとは思っていない。
　そんな高望みはしていない。
　ただ、もっとそばにいたかった。
　隣の席でたわいない会話を交わすだけだっていい。
　それだってあたしにとってこれ以上ない幸せだから。

あたしより遅く登校してくる洸輝にされる、『おう』っていうあいさつから始まって。
　授業の間に先生にバレないように、机の下でこっそりメッセージを交換しあって。
　休み時間には笑顔で言葉を交わして。
　放課後になって、『じゃあな』って帰っていく洸輝の大きな背中を見送って。
　そんなこともこれからできなくなってしまうのかな……？
　洸輝と過ごす日々は、あたしにとってかけがえのないものになっていた。
　それなのに衝撃の事実を、お父さんの命日に知ることになった。
　フラフラと家にたどりつきまっ暗な部屋に明かりを灯す。
　白い蛍光灯がいつもよりも部屋を寒く感じさせる。
　自分の部屋に行き、ベッドにごろりと仰向けに寝転ぶ。
　ねぇ、お父さん。
　あたし……どうしたらいいの？
　これから洸輝とどうやって向きあえばいいのかわからない。
　洸輝の存在は、あたしの中で簡単に消せないぐらい大きなものになってしまっていた。
　洸輝と過ごした日々を忘れたいと思っても、簡単に忘れられるはずもない。
　洸輝との楽しい思い出しか頭に浮かばない。
　今だって、洸輝のことばかりが気になって仕方がない。

必死になって頭の中から洸輝の存在を追いだそうとする。
　でも、どうやっても洸輝を振りはらえない。
「そんな簡単になかったことになんてできないよ……」
　目をつぶると、志なかばで亡くなった父の顔と洸輝の顔がまぶたに浮かんだ。

第 2 章

## ふたりの距離

「ひどい顔」
　朝、鏡に映った自分の顔を見てポツリとつぶやく。
　昨日はほとんど眠れなかった。
　目をつぶるといろんなことを考えてしまい、感情がごちゃ混ぜになってしまったから。
　学校へ行く用意を済ませて家を出ると、あたしの気持ちとは対照的に空は青く澄み渡っていた。
「花凛、おはよ」
「おはよう」
「って、アンタその目どうしたのよ!?」
　教室に入るなり、京ちゃんがあたしの異変に気がついた。
「ちょっと眠れなくて」
「眠れないとかそういう感じじゃないでしょ?」
「うん……」
「なによ。どうしたの?」
「あとで聞いてくれる?」
「聞くに決まってんでしょ」
「ありがとう、京ちゃん」
　そう言って微笑んだとき、「よぉ」と隣で声がした。
　その声にびくっと反射的に体を震わせる。
「あっ、日向。おはよ」
「おぉ」

「ん？　ちょっと、花凛なんで固まってんの？」
　京ちゃんが不思議そうにあたしの顔を見る。
　あたしは手もとに視線を落としたまま、洸輝と目を合わせなかった。
　どんな顔をして話せばいいのかわからなかったから。
　すると、なにを勘ちがいしたのか、京ちゃんが洸輝をにらんだ。
「……もしかして花凛になんかした!?」
「なんかってなんだよ」
「わかんないけど。花凛、今日変だもん!!　日向が泣かしたんじゃないよね!?」
「泣かしたって……花凛泣いてたのか？」
　洸輝がそう言ってあたしの顔をのぞきこもうとした瞬間、あたしは弾かれたように立ちあがっていた。
「……トイレいってくるね」
「ちょっ、花凛？」
「ごめんね、京ちゃん」
　京ちゃんが呼び止めるのを振り切って、教室から飛び出す。
　一目散に走り、トイレの扉を開けて空いている個室に飛びこんだ。
　数回深呼吸をすると、気持ちが少しだけ落ち着いた。
　あんな風な態度をとれば、京ちゃんも洸輝もおかしいと思うはずだ。
　もっと自然に振るまえればいいのに、あたしはそんなに器用にできていないようだ。

トイレを出て、重い足取りで教室へ向かう。
　そしてこの日、あたしは放課後になるまで洸輝とできる限り距離を置いて過ごした。


「花凛、今日ヒマ？」
　帰り支度をしているあたしの席に、京ちゃんがやってきた。
「うん、ヒマだよ」
「じゃあ、ファミレスいかない？　いろいろゆっくり話も聞きたいし」
「いい――」
『いいよ』と答えようとしたとき、
「わりぃ、吉野。ちょっと花凛借りていいか？」
　洸輝が、あたしと京ちゃんの会話に割って入った。
「べつにいいけど、急用？」
「急用。じゃ、ちょっと借りる。花凛、いくぞ」
「えっ、ちょ……」
　あたしが答える前に、洸輝はあたしの手をつかんで歩きだす。
「花凛、あたし校門で待ってるから！」
「わ、わかった!!」
　振り返りながらそう答える。
　あたしはそのまま洸輝に手を引かれて、屋上へ連れてこられた。
「今日１日、俺のこと避けててただろ」
　屋上に着くなり、洸輝は眉間にしわを寄せた。

「べつに……避けてないよ」
　洸輝の目をまっすぐ見ることができずにうつむく。
「昨日……俺なんかしたか？」
「……してない」
　そっけない態度。
「つーか、どこ見てんだよ」
　洸輝にあごをつかまれて強制的に顔を持ちあげられる。
「やめてよ……」
「こうでもしないとこっち見ないだろ」
「わかったから……」
　しぶしぶあたしの顎から手を離す洸輝。
「なんかしたなら謝るから。言わないとわかんねぇよ」
「べつに洸輝になにかされたわけじゃないから」
「だったらなんで避けるんだよ」
「避けてないよ」
　そう答えて唇をきゅっと噛む。
　誰がどう見たって、あたしが洸輝を避けているとわかったはずだ。
　休み時間のたびに、自分の席から離れて京ちゃんの席に行ったり、洸輝が話しかけてきそうな気配を感じて逃げたりした。
「ハァ」
　深いため息をつくと、洸輝は仕方がないというようにドカッとその場に座りこんだ。
「花凛、嘘つくのヘタすぎだから」

あぐらをかいて座る洸輝。
「隣座れって」
　洸輝は立ちすくんでいるあたしの手首をつかんで、隣に座らせた。
　仕方なく言われた通り隣に座り、膝を抱える。
「花凛が俺を避けるのにはなんか理由があるんだろ？」
「…………」
　答えられない。
　あたしが洸輝を避ける理由を、無理に話す必要はないと思った。
　それを聞いたところで洸輝にはどうすることもできない。
　それどころか洸輝を傷つけることになる。
　もしも逆の立場だったら、あたしは聞いたことを後悔するかもしれない。
　知らないほうがいい真実だってある。
「言えない？」
　じれったそうにあたしの横顔を見つめる洸輝。
　しばらく黙っていると、洸輝は降参とばかりにこう言った。
「わかった。もう聞かない」
　沈黙(ちんもく)がふたりを包みこむ。
　校庭からは部活動に励む生徒たちの声が聞こえる。
　生暖かい風が頬をなでる。
　父が亡くなったあの日も、深夜だというのに今と同じような風が吹いていた。
　沈黙を破ったのはあたしのほうだった。

「洸輝のお父さんって……社長さんなんだよね？」
　自然とそんな言葉が口をついた。
　これ以上、洸輝のお父さんの話を続けるつもりはなかった。
　あたしが、洸輝にお父さんのことをあれこれ聞くのは変だから。
　でも、聞かずにはいられない。
　父が亡くなったあと、洸輝のお父さんがどうやって生きてきたのか……それが気になった。
「あぁ。小さな会社だけどな」
　これ以上、掘りさげて聞いてはいけないとわかっているのに、自分を止められない。
「お父さん……元気？」
　声がわずかに震える。
「元気だけが取り柄みたいなもんだから」
「そうなんだね」
「でも、会社をでかくするって言って、すげぇ仕事に打ちこんでるから、最近は疲れてんな」
　会社を……大きくする？
　父と一緒に立ちあげたFL社を……？
　胸の中に込みあげる感情をぐっと抑えこむ。
　もしも……。
　そのとき、頭に最悪の想像が浮かんだ。
　洸輝のお父さんが父をクビにした理由が、病気でなかったとしたら？
　父が病気になったのをいいことにクビを宣告して会社を

自分ひとりのものにしようとした？
　そして、父がいなくなった今、会社を大きくしようと仕事に打ちこんでいるとしたら……？
　胃の奥がキリキリと痛み、息が詰まる。
　そうだとしたら……あたしは……。
「つーか、なんでうちの親父のことが気になんの？」
　不思議そうに洸輝が尋ねる。
　あたしは視線を下げた。
「うち……お父さん亡くなってるでしょ？　だから、元気なお父さんがいる洸輝がうらやましくて」
　あたしはさらりと嘘をついた。
　お父さんがいるのがうらやましいと思うのは本当。
　だけど、あたしが洸輝のお父さんのことを気にかける大きな理由はそれじゃない。
　本当の理由は、父と洸輝のお父さんとのこと。
　でも、洸輝は父と洸輝のお父さんとの関係を知らない。
　なにも知らないんだ……。
　頭ではちゃんとわかっているつもり。
　だけど、洸輝のお父さんと洸輝はまちがいなく血のつながった親子だ。
　お父さんを傷つけた人の……息子。
　それはまぎれもない事実だ。
「あっ」
　洸輝がなにか気づいたかのように声をあげる。
「昨日もこういう話してたよな？　花凛、もしかしてそれ

で嫌な気持ちに……」
「——ちがうよ」
　あたしは小さく首を横に振った。
「そんなんじゃない」
　そんなに単純なことじゃないんだよ。
　なにも知らない洸輝に心の中でそう伝える。
「だけど……元気なお父さんがいて、料理上手なお母さんがいて……うらやましいと思ったの」
　それは本心だった。
　洸輝の存在はまぶしかった。
　隣の席になって初めて言葉を交わしたときから感じていた。
　キラキラと輝いている洸輝は太陽のような存在だった。
　それがなぜか今わかった気がする。
　なにもかも。
　洸輝は、すべて持っているからだ。
　あたしにないものまで洸輝はすべて持っていたから。
　だから、あたしは洸輝が気になって仕方がなかった。
　洸輝と一緒にいると、洸輝という存在に照らされて自分までキラキラと輝ける気がしたから。
　だから——。
「あたし、もう行くね」
「花凛、ちょっと待てって」
　スッと立ちあがったあたしの手首を、洸輝がつかむ。
　なにかを訴えかけているような目。
「ごめんね、洸輝」

「なんで謝るんだよ」

　洸輝は眉間にしわを寄せる。

　茶色く澄んだ瞳であたしを見つめる洸輝。

　なんの曇りもないその瞳で、あたしを見つめてくれることはもうなくなってしまうだろう。

「黙ってたらわかんねぇよ。なにかあるなら言えよ」

「うん……。あのね、洸輝……」

「なんだよ」

　あたしはまっすぐ洸輝の目を見た。

　ちゃんと伝えたいと思った。

　今のあたしの気持ちを。

「ありがとう」

　本当にありがとう。

　あたしはそう言って洸輝の手を自分の手首からそっと離すと、そのまま背中を向けて歩きだした。

　洸輝と出会ってから、あたしはたしかに洸輝という存在に照らしてもらった。

　一緒にいて楽しかった。

　うれしかった。

　毎日、学校へ行くのが楽しみで仕方がなかった。

　それはきっと洸輝のおかげだ。

　でもね、やっぱり……このままなにも知らなかった日々に戻ることはできないよ。

　ごめんね。

　洸輝はなにも知らないのに。

こうすることしかできないあたしを許して……。
「おい、花凛！」
　洸輝の声が背中にぶつかる。
　名前を呼ばれると胸が張り裂けそうになる。
　振り向きたい。
　振り向いて洸輝に駆けよりたい。
　そんな気持ちを必死で抑えこむ。
　目頭が熱くなって視界がにじむ。
　あたしは泣きだしてしまいそうな気持ちを抑えて、屋上のドアノブにそっと手をかけた。


「……そっか。そんなことがあったんだ」
　校門で待っていてくれた京ちゃんと一緒に、ファミレスにやってきたあたし。
　昨日から今日までの洸輝との出来事を話すと、京ちゃんは最後まで黙って聞いてくれた。
　そして話を聞き終えると、京ちゃんは複雑そうな表情を浮かべながら、氷のたくさん入ったオレンジジュースを一気にストローですすりあげた。
「親同士がそんなことになってたとはね……」
「うん……。正直ね、会社をクビにされたことでお父さんの病気が悪化したとは言いきれないの。でもね、やっぱり……考えちゃう。最期まで仕事をしたいと望んでたお父さんに仕事をさせてあげたかったなって」
「そりゃそうだよ。やっぱり家族だもん。最期に望むこと

はなんでもやってあげたいって思うのは当然だって」
「うん……」
　小さくうなずいてレモンティーをすする。
　お父さんにもう一度会えたら聞いてみたいことがある。
　『お父さんは幸せでしたか？』って。
　お父さんが幸せだったのかが知りたい。
　そして、残されたあたしやお母さんに伝えたい言葉を聞きたい。
　そんなの無理ってわかっていても、そんなことを考えてしまうなんて、あたしは本当にバカだ。
「あのさ……」
　すると、京ちゃんが少しためらいながら尋ねた。
「花凛が人を信じられないのって……もしかしてお父さんのことが原因だったりする？」
「そうなの……かも」
「そっか……。そういうことか」
　京ちゃんは納得したようにうなずいた。
　父が亡くなってから、あたしは人が信じられなくなった。
　どんなに信用していても、いつかは簡単に手のひらを返されて裏切られる。
　父がそうであったかのように……。
　だから、小中と友達はできても仲のいい友達はできなかった。
　ニコニコ笑顔を浮かべているあの子も、心の中はそうではないかもしれない。

なにか理由があって、あたしと友達になろうとしているのかもしれない。
　そんな被害妄想が頭の中を支配していた。
　高校に入学してから京ちゃんと知り合い、あたしは救われた。
　裏表のないまっすぐな性格の京ちゃん。
　高校に入学したばかりで不安だったあたしに、声をかけてくれたのも京ちゃんだった。
　あたしがまちがったことをしたら遠慮なくちゃんと叱ってくれるし、うれしいことがあったら一緒になって喜んでくれる。
　今だって京ちゃんに話すことで救われている。
　京ちゃんは、お父さんが亡くなって以来、あたしが初めて信頼することができた友達だ。
「でもさ、こんなことあたしが言うのも変だけどさ、日向は裏切ったりとか……そういうことはしないと思うよ」
　意外な京ちゃんの言葉に耳を傾ける。
「花凛が、お父さんのこととかでいろいろ複雑な気持ちになるのはわかるよ。だけど、日向とは切り離して考えてみたら？」
「京ちゃんは……どうして洸輝をかばうの？」
　素直にそれが気になった。
　すると、京ちゃんは優しく微笑んだ。
「だって、花凛……日向のこと気になってるでしょ？」
「え？」

ドキッとした。
　心の中を京ちゃんに見透かされているみたい。
　あたし……洸輝が気になっているの……？
　それって……。
「見てればわかるって。それにさ、日向と出会ってから花凛……前より笑うようになって明るくなったよ？　それって日向のおかげでしょ？」
「そうかな……？」
「そうだよ。だから、ゆっくり考えてみなって。自分の気持ちに正直になってさ」
「……うん」
　あたしは京ちゃんの言葉に素直にうなずいた。


　週明け。
　気分を変えようと、少し長くなってきた前髪を自分で切ったら予想以上に短くなってしまった。
　気づいたときには時すでに遅し。
　どうやっても長くはならないし、半泣きになりながら学校へやってきた。
　少しでも前髪を長く見せようと、朝1時間もはやく起きてセットしたものの、どうにもならなかった。
　開き直れるほどメンタルも強くないあたしは、前髪を押さえながら教室に入った。
「花凛、おはよ！」
「おはよう……」

「ん？　前髪切ったの？」
　京ちゃんがあたしの顔をのぞきこむ。
「み、見ないで……。本当に変だから」
「そう？　花凛、顔小さいから大丈夫だって。見せてよ」
「そんなことないんだよぉ……。本当は今日休みたかったの……」
　前髪から手を離すと、京ちゃんが目を丸くする。
「あらら。予想以上に短くなったわ」
「でしょ……？　あぁ、本当最悪だよぉ……」
「でも似合うって。なんかマスコットみたいで可愛いよ」
「それって喜んでいいところ……？」
「喜んでいいところ」
　京ちゃんのよくわからない励ましにさらに肩を落としながら席に着き顔をあげたとき、前方にいた林くんとバチッと目が合った。
　げっ……。
　心の中でつぶやく。
　林くんの視線があたしの前髪に注がれる。
　やだ。林くんにバレた。
　無表情だった林くんの顔がみるみるうちに崩れ、満面の笑顔になる。
　そして、予想どおり林くんは弾かれたようにあたしの席にやってきた。
「おいおいおい、奥山〜!!　お前、前髪切ったの？」
「う、うん……」

林くんから視線をそらして、前髪を手で隠す。
「なんかウケるんだけど!!　前髪切るだけでそんなにイメージ変わるんだな」
「失敗しちゃったの……。あんまり見ないで」
「いや、でも意外とそれもイケるって〜!!　なんかのキャラクターみたいだし」
「さっき京ちゃんにも同じようなこと言われた……」
　林くんに聞こえないようにポツリとつぶやく。
「いやいや、でもいいよ。俺はいいと思うぞ！」
　何度も『いい』を繰り返す林くんの目に、うっすらと涙が浮かぶ。
　必死に笑いをこらえている林くん。
　正直、林くんが笑うのも納得できる。自分でもひどい前髪だって思うから。
　伸びるまでにあと1ヶ月くらいかかるなぁ。
　帽子をかぶるわけにもいかないし、とりあえず前髪を少しでも長く見せるように工夫しないと。
　それか、前髪を全部持ちあげちゃう？
　でもそれじゃ、おでこが見えちゃうしなぁ。
　頭の中で試行錯誤を繰り返していると、林くんの視線が隣に移った。
「あっ、洸輝。はよ〜!!」
「おう」
　洸輝の声に心臓がトクンッと鳴る。
　意識的に洸輝から顔をそらして窓に顔を向ける。

「つーかさ、洸輝見てよ。奥山の前髪！」
　すると、林くんが余計なひと言を発した。
　林くん、やめてよ!!
　心の中で叫ぶ。
「花凛の前髪？」
「そうそう。短いのなんのって！　すげぇんだよ」
　林くんの言葉にちょっと傷つきながらも、聞こえていないふりをする。
「花凛、こっち向いて？」
　前髪を押さえているあたしの顔を、洸輝が身を乗りだしてのぞきこもうとする。
　見られたくないと思った。
　林くんにどんなに笑われたとしても、洸輝に笑われるのは嫌だった。
　頑なに洸輝から顔をそらし続けていると、
「あっ、美術の課題今日提出だって」
　洸輝がそう言った。
　あれ。
　美術の課題……？　あれ、今日までだったの!?
「……嘘!?　どうしよう……。やってないよ」
　思わずそうつぶやいて、前髪から手を離して頭の中をフル回転させる。
　でも、あれって提出日を過ぎると留年になる可能性があるって噂されるほど大切な課題じゃなかったっけ。
　どうしよう。まだ下絵までしかやっていない。

どうやったって今日中に提出できるはずがない。
　でも、提出日は来月だったはずなのにどうして今日——。
「今日提出って本当に……？」
　洸輝にそう聞き返してハッとした。
　洸輝の視線があたしの前髪に注がれていたから。
　ま、まさか……。
　だ、だまされた!!
　パッと両手で前髪を隠したものの、すべて見られていたようだ。
「だますなんてひどいよ……」
「わりぃ。こうでもしないとこっち向いてくんないから」
　洸輝がパチンっと手を合わせて謝る。
「なっ、奥山の前髪すげぇ短かっただろ？　なんかこういうアニメキャラいたよな？　えっとなんだっけ……」
　すると、楽しそうに話す林くんの頭を洸輝が叩いた。
「おい!!　なんで叩くんだよ。いてぇな!!」
「お前、うるせーよ」
「うるさいってなんだよ!!　しょうがねぇだろ。こういう性格なんだから」
「その性格なんとかしろよ」
　あきれたように言う洸輝。
「いや、俺は奥山の前髪が短くてウケるって言ってただけじゃん!!」
「は？　べつにウケねぇよ」
「いや、ウケるだろ!!　洸輝、よく見てみろよ〜!!」

「よく見た。つーか、前髪短いのも可愛いじゃん」
　サラッと言った洸輝の言葉を聞きのがしそうになる。
　可愛いって……あたしのこと？
「……はっ？　今、可愛いって……。お前、そういうこと言うキャラだっけ？」
　瞬きを繰り返して驚いている林くん。
　すると、洸輝はハァと深いため息をついて廊下を指さした。
「つーか、さっき隣のクラスの女がお前のこと探してたぞ。まだ廊下にいるんじゃね？」
「えっ？　マジ!?　誰だろ。ていうか、どういう子!?」
「茶色いロングヘアの可愛い子」
「ロングだな!?　やべー、俺今日告られちゃう系？　ちょっと見てくるから!!」
　お調子者の林くんは、喜んで教室を飛び出した。
　林くんがいなくなったことで、あたしと洸輝の間に沈黙が流れる。
「ごめんな。アイツうるさくて。でも悪気があるわけじゃないから」
「……うん。わかってる。たしかにこの前髪変だから」
　前を向いたまま前髪をなでると、
「さっき俺が言った言葉嘘じゃないから」
　洸輝がはっきりそう言った。
　それって……『可愛い』って言ったこと？
　なんて返事をしたらいいのかわからずに、下を向くことしかできない。

すると、洸輝が腕を伸ばしてあたしの頭をポンポンッと叩いた。
「……っ」
　その瞬間、急に頬が熱くなる。
　目が合うと、洸輝はニッと笑った。
「やっぱ可愛いって」
　その言葉に息が止まりそうになる。
　あたしはバッと洸輝から顔をそらした。
　気持ちを落ち着かせようと窓の外に視線を走らせる。
　どうして……？
　どうして何事もなかったかのように接してくるの？
　洸輝に呼び止められても、無視して振り返ることなく屋上を去ったあたし。
　そんなあたしに洸輝は普段と変わらない態度で接してくる。
　必死になって避けても、洸輝はそんなのお構いなしに距離を縮めてくる。
　これじゃ洸輝を避けている意味がない。
「そんなあわてて目そらさなくたっていいだろ」
　顔を見なくても、洸輝がどんな表情を浮かべているのか容易に想像できる。
　あたしは洸輝と目を合わせることなく言った。
「そんなお世辞言わなくてもいいから」
「は？」
　あたしは洸輝にひややかな視線を投げかけた。
「だからね、前髪短くて変だって自分でわかってるから。

そんな風にお世辞言われるの嫌なの」
　自分でも驚くほどに冷たい声が出た。
　わずかな沈黙。
　洸輝はじっとあたしを見つめたまま、視線をそらそうとしない。
「俺は思ったことを口にしただけだし」
「だからね、そういうのが嫌なの」
「言いたいこと言ったらダメってことか？」
「そうじゃないけど」
「だったらいいじゃん。俺は可愛いって思ったから可愛いって言っただけだし」
　洸輝はニッと勝ち誇ったような笑みを浮かべる。
　洸輝の言葉が……洸輝の笑顔がまだ胸を熱くさせる。
　そんなこと言うなんて反則だよ。
「もういい」
　あたしは逃げるように再び洸輝から顔を背けた。
　いまだに感じる洸輝からの視線。
　右半身だけが燃えるように熱く感じる。
『可愛い』と言われて嫌な気持ちになる人は少ないはず。
　だけど、今のあたしは手放しで喜ぶことができない。
　もっとちゃんと洸輝と距離をとらないと。
　目をつぶり、気持ちを集中させる。
　そして、痩せ細りベッドで眠る父をまぶたに思い浮かべる。
　うつろな瞳、細くなった手首、今にも消え入りそうなほど弱々しい声。

あの頃の気持ちを思い出した瞬間、洸輝への気持ちが急激に熱を失っていくのを感じた。

## 気持ちの変化

「あー、朝礼めんどくさー」
「だよね」
「校長の話長いんだよなぁ。ハァ。やだやだ」
　京ちゃんが盛大なため息をつく。
　今日は月に一度の全校集会の日。
　あたしたちは渡り廊下を歩き、重たい足取りで体育館を目指した。
　そのとき、ふと体育館の前で楽しそうに話す男女に目がとまった。
　それは洸輝と新入生の女の子だった。
　新入生の中でも断トツに可愛いと、林くんやクラスの男子が話していたのを聞いたことがある。
　スラリと伸びた細い脚、大きな瞳、茶色くサラサラの髪、笑うと頬に浮かぶえくぼ。
　笑顔で話すふたりを見て、胸の中がザワザワとうるさくなる。
　あたしにとって洸輝は特別な存在じゃない。
　もちろん洸輝にとってもそれは同じだ。
　それなのに、なにを動揺しているんだろう。
　洸輝が誰としゃべろうが、一緒にいようがあたしには関係ない。
「あれ、あのふたり……」

洸輝たちの姿に気がついた京ちゃんがポツリと漏らす。
あたしは聞こえないふりをして、まっすぐ前を向いたまま歩いた。
少しだけ歩くペースが速くなる。
できるだけ、ふたりのことを視界に入れないようにしているのに、嫌でも目の片隅に飛びこんでくる。
耳を塞いでしまいたいのに、女の子の甲高い声が鼓膜を揺らす。
「洸輝先輩、今度遊んでくださいよ〜！！」
女の子が首をかしげながら洸輝の腕をつかむ。
こちらに背中を向けている洸輝が、どんな顔をしているのかはわからない。
わかりたくない。
もしも、彼女に優しく微笑みかけていたら……。
そう考えるだけで叫びだしてしまいそうになる。
あたしはそのままふたりの横を通りすぎた。
体育館に入ると、背の順に整列する。
ぼんやりと足もとに視線を落とす。
あの子、可愛かったなぁ。
たしかに男の子たちが噂するのも無理はない。
きっと洸輝だって可愛いと思ったはずだ。
腕をつかまれて『遊ぼう』って誘われたら、断る理由なんてない。
ギュッと強く拳を握りしめたとき、
「洸輝〜！！　見たぞ〜！！」

背後で林くんの声がした。
　振り返ると、そこには洸輝の肩を組む林くんの姿があった。
　林くんはあたしの斜め前までやってくると、洸輝の肩を離した。
「お前、さっき１年の子としゃべってただろ～？」
　林くんは声を抑えているつもりらしいけれど、ほとんど筒抜けだった。
　ザワザワとあたりがうるさくなる。
　あたしのまわりにいる女の子たちも、洸輝と林くんの会話に耳を傾けているようだ。
「洸輝、お前先週あの子に告られてただろ？　もしかして付き合う気か？　つーか、もう付き合ってんの？」
　……告白、されたんだ。
　顔に出さずに平然を装っているのに、胸の奥がズキズキと痛い。
　あの子に告白されて……付き合わない理由はないよね。
　林くんの言うとおりもうふたりは付き合っているのかもしれない。
　ギュッと目をつぶり、耳を塞いでしまいたくなる。
　なにも見たくないし、なにも聞きたくない。
　そう思っている半面、洸輝がなんて答えるのか聞き耳を立ててしまっているのも事実だった。
「あっ、俺も洸輝があの子と付き合いだしたって、噂で聞いた」
「俺も。マジうらやましいんだけど！」

「お前ら、どこまで進んだんだよ」
　近くにいたクラスメイトの男子が洸輝を口々にはやしたてる。
　チラッと洸輝に視線を向ける。
「お前ら噂好きだなー」
　明るい笑顔を浮かべる洸輝。
　それがすべての答えのような気がした。
　感情が顔に出ないようにキュッと唇を噛んだとき、林くんが核心に迫った。
「で、付き合ってんの？　付き合ってないの？　どっちだよ」
　ドクンドクンッと不快な音を立てる心臓。
　死刑宣告を受ける前みたいな気持ち。
　洸輝の言葉に意識を集中させる。
「付き合ってないから」
　その言葉に、全身の力が抜ける。
　あの子と……付き合ってないんだ……。
「ハァ〜？　マジで言ってんの？」
「マジ」
「なんでそんなもったいないことすんだよ！！」
　クラスメイトの男子が、信じられないというように叫ぶ。
「なんでって好きじゃないから」
「好きじゃなくても、付き合ってから好きになることもあるじゃん？　あの子は絶対に付き合っておくべきだって！！」
「とりあえずとか、俺、無理」

洸輝の言葉に、一部の女子がたがいの顔を見合わせてキャッキャとはしゃいでいる。
「もったいねぇ〜!!　俺らに分けてくれよ〜!!」
「バーカ」
　男子たちの輪の中心で笑っている洸輝。
「ったく。モテ男はこれだから困んだよな〜!!　でも洸輝、好きな子いるんだよな〜？」
　ずっと黙っていた林くんが大声で洸輝をあおる。
　洸輝の好きな子……？
「ヒロヤ、お前さっきからなんなんだよ」
　あきれ顔の洸輝。
「俺、知ってんだぞ。お前が──」
　林くんがそう言いかけた時、洸輝は林くんの頭をバシッと叩いた。
「お前、本気で言おうとしただろ？」
「いや、俺はただただ洸輝に協力を……」
「お前に協力されなくても自力でなんとかするから」
　林くんと洸輝がよくわからない話をしている。
　あたしはふたりからそっと視線を外してうつむいた。
　あたし、ほっとしてる。
　洸輝に彼女がいないと知って……。
　それがなにを意味するのか、気づいているのに気づかないふりをした。
　目をつぶると、今も父の苦しそうな顔がまぶたに浮かぶ。
　あのときのことを考えると、今も胸が押しつぶされたよ

うに痛む。
　父から仕事を奪って苦しめたのは、父の親友……。
　そして、その親友の息子が洸輝。
　それを知ってしまった以上、洸輝とこれ以上のかかわりを持つことはできない。
　洸輝と距離を置くのが今のあたしにできること。
　でもそれを望まなくても、席替えをすれば、きっとあたしと洸輝とのつながりは消えるだろう。
　ただのクラスメイトになり、来年になりクラス替えが行われれば、しゃべることもなくなるだろう。
　あたし達はその程度の関係だから……。
「えー、最近ですね、校内清掃を怠(おこた)っている生徒が多数みられるということで、今後はクラス単位での清掃週間を試みて──」
　校長の長い話が始まった。
　ぼんやりと右から左にその話を聞き流す。
「ハァ……」
　おでこに手を当てる。
　なんだか頭が重たくて、少し気分が悪い。
　今日遅刻しそうになって朝食を抜いたからか、それとも昨日の夜更かしがたたっているのかわからない。
　校長の話が中盤(ちゅうばん)に差しかかったくらいで、症状は悪化してめまいまでしてきた。
　その場に動かず立っていることがキツくなり、少しよろける。

ヤバッ……。
　なんとか態勢を立て直して両足に力を入れる。
　胃の下あたりに違和感があり、気持ち悪くなってきた。
　顔から血の気が引いていき、鏡を見なくても顔がまっ青になっていくのがわかる。
　たまになる貧血かもしれない。
　こんなときになっちゃうなんて……。
　校長の話はまだ終わる気配がない。
　どうしよう……。保健室に行きたいけれど、気分が悪くて身動きが取れない。
　再びよろけそうになったとき、突然ガシッと斜めうしろから腕をつかまれた。
「えっ……？」
　そこには洸輝の姿があった。
「――行くぞ」
　洸輝はあたしの腕をつかんだままゆっくりと歩きだす。
　まわりの視線がいっせいにこちらに向く。
　なんで洸輝が……？
　あまり働かない頭で必死に考える。
「おい、日向。なにしてんだ」
　あたしたちの動きに気づいた先生が、こちらに歩みより小声で尋ねる。
「奥山、体調悪そうだから保健室連れていきます」
「そうか。日向、頼むな」
　洸輝が黙ってうなずいたそのとき、すぐ横で「洸輝先輩」

という声がした。
　そこにいたのは、さっき洸輝と一緒にいた１年の女の子だった。
「先輩、あたしと一緒に保健室に行きませんか？」
　洸輝の制服の袖をキュッとつかんで、上目遣いに洸輝を見つめる女の子。
「わりぃ。急いでるから」
「えー……あたしも……」
　しつこく食いさがる女の子。
「花凛、いこう」
　洸輝は女の子の手を自分の制服から解くと、あたしの腕を引きそのまま体育館をあとにした。
「花凛、大丈夫か？」
　体育館から出て人けがなくなると、洸輝が心配そうにあたしの顔をのぞきこんだ。
　かろうじてうなずくと、洸輝はそっと腕から手を離してあたしの肩をつかんで引きよせる。
　トンッと洸輝の胸に頭が当たる。
　それと同時に、洸輝はあたしの膝のうしろに手を回してあたしを軽々と抱きあげた。
「こ、洸輝……？」
　お姫様抱っこの態勢になり、顔がカーッと熱くなる。
「お、おろして……。お願い……」
「いやだ」
「お願いだから……」

頼んでも、洸輝は聞いてくれない。
「無理。つーか、どんなに頼まれても聞かないから」
　洸輝はそう言うと、あたしを抱っこしたまま保健室に向かって歩きだした。
　洸輝とこんなにも密着したのは初めてだった。
　一定のリズムを刻む洸輝の心臓の音が心地いい。
　Ｙシャツからかすかに甘い香水の匂いがする。
　洸輝の匂いに胸の高鳴りが増す。
「お、重いでしょ……？　ごめんね」
「軽いって。お前、もっと飯食えよ」
　洸輝がふっと笑う。
　その笑顔に自然と胸が高鳴ってしまう。
　そんな顔されたら……みんなきっとイチコロだ。
　できるだけ、あたしの体を揺らさないように気を遣ってくれているのがわかる。
　ダメだよ。勘ちがいしちゃだめだ。
　洸輝は誰に対しても優しい。
　あたしだけが特別なわけじゃない。
　自分を必死に戒める。
　保健室には誰もいなかった。
　静まりかえった保健室の中に入ると、緊張してしまう。
　洸輝はあたしの体を一番奥のベッドに優しくおろした。
「ありがとう……」
「礼なんていいから早く横になれって」
「うん」

上履きを脱いでベッドに横になる。
　洸輝はあたしに布団をかけると、ベッドサイドに腰かけた。
「さっきより顔色よくなったな」
「うん。ちょっとした貧血だったみたい」
「なんか必要なものあるか？」
「ううん、大丈夫」
「そっか」
「あのさ、洸輝……」
「ん？」
　洸輝がじっとあたしを見つめる。
「あの……ありがとう」
　あらためてお礼を言うと、洸輝はふっと笑った。
「そんなあらたまって礼言われると照れるんだけど」
「ごめん……」
　顔を布団で半分隠しながら謝ると、洸輝が優しく微笑みながらあたしの頭をなでた。
　大きな手のひら。
　こうやって、いつも父はあたしの頭をなでてくれた。
　洸輝の手のひらと父の手のひらが重なる。
　父の顔が頭に浮かんだとたん、急に冷静になった。
　ダメだ。
　あたし……バカみたい。
　なにを浮かれていたんだろう。
　心の中でふくれあがったものが急激に熱を失い、小さくなってしぼんでいく。

忘れそうになっていた。
　洸輝のお父さんが父を裏切ったということを……。
「つーかさ」
　あたしの頭から手を離すと洸輝が話しはじめた。
「さっきのあれ、聞こえてたよな？」
「さっきのあれって……？」
「俺が後輩と付き合ってるってやつ」
「ごめん……。聞くつもりはなかったんだけど聞こえちゃった」
　どうして洸輝がそんな話をしているのか、あたしにはよくわからない。
「あれ、全部誤解だから。俺、誰とも付き合ってないし」
「……うん」
　小さくうなずいて洸輝を見ると、次の言葉を出すのに必死に考えをめぐらせているように見えた。
「だから……」
　洸輝がなにかを言おうとしている。
「——なんで？」
　だから、あたしはあえて洸輝の言葉をさえぎるように聞き返した。洸輝の顔が一瞬にして曇る。
「洸輝が誰と付き合ってても、あたしには関係ないよ？」
「いや、でも」
「その後輩って、洸輝がさっき体育館の前でしゃべってた子でしょ？　あの子、可愛いよね。女のあたしが見てもすごい可愛いし。告白されたなら付き合えばいいのに」

スラスラと口をつく言葉。
「体育館出るときにも洸輝引き止められてたよね？　あたしなんかとじゃなくてあの子と保健室行きたかったよね？　なんか邪魔しちゃったみたいでごめんね」
　洸輝は眉間にしわを寄せる。
「すごいお似合いだったよ？　そうだ！　さっきふたりでしゃべってるのも聞いちゃったの。洸輝、デートに誘われてたでしょ？　行ってきなって」
　洸輝がどんな顔をしてるのか、見るのが怖くて顔を背ける。
「洸輝はすぐに彼女できていいね？　あたしも早く彼氏つくろっと。おたがいがんばろうね」
　冷めた口調でそう言って、体を横にして洸輝に背中を向ける。
　沈黙が痛い。
　だから、あたしはしゃべり続けた。
　そうすることであたしは心のバランスをとっていた。
「あたしちょっと寝るから出てってくれる？　あっ、そうだ。あの子と付き合ったら他の女の子に優しくするのやめたほうがいいよ？　勘ちがいされちゃったら大変だし。でも、安心して？　あたしはそんな勘ちがいしないから」
　あたしの声だけが静かな保健室の中に響く。
　洸輝はなにも言わない。
　これでいい。これでよかったんだ。
　心の中でそう繰り返す。
　父と洸輝のお父さんのことをすべて知っているあたしと、

なにも知らない洸輝。
　あたしたちふたりはあまりにもちがいすぎる。
　ボタンを掛けちがえたような状態のあたしたち。
　距離を置き、ただのクラスメイトという存在になれば時間がすべてを解決してくれるはずだ。
　なにも知らなかったあの頃に戻ることはできない。
　あたしたちにとって距離を置くことが、最善の方法だ。
　洸輝とはこれを機に話すこともなくなるだろう。
　笑いかけてくれることもなくなる。
　でも、それでよかったんだ。
　よかったんだ……。
　沈黙が続く。
　たぶん、ほんの少しだけだった。
　でも、その時間があたしにとってあまりにも長く感じられた。
「──勝手なこと言ってんな」
　すると突然、肩をつかまれてぐいっとベッドに体を押しつけられた。
　仰向けになったあたしの顔の横に、逃がさないとばかりに洸輝が手をつく。
「俺、あの子と付き合わないって言っただろ」
「……でも、あの子可愛いし、付き合えば……」
「それを決めんのは花凛じゃない。俺だから」
　洸輝はまっすぐあたしを見つめて、はっきりした口調で言った。

強いそのまなざしから逃れようと、顔を背けて目を泳がせる。
　だけど、洸輝はそれを許してくれなかった。
　あたしの顎をつかんでクイッと正面を向かせる。
「――なんか隠してんだろ？」
「え？」
「うちの親父と……なんか関係あんの？」
「なんでそう思うの？」
「なんとなくそう思っただけ」
「……ちがうよ。そんなわけない。あたしが洸輝のお父さんを知ってるはずないじゃん」
「だな。でも、なんか理由があって俺を避けてんだろ？」
「それは……」
　すべて見透かされているようで居心地が悪くなり、キュッと唇を噛む。
「俺、どんなに避けられても花凛と離れないから」
「……っ」
　洸輝はそう言うと、そっとあたしから離れた。
「ちょっと休め」
　ポンポンッとあたしの頭を優しく叩く洸輝に、胸が熱くなる。
　洸輝はすぐに保健室を出ていった。
　残されたあたしは、いまだに洸輝の手のひらの感触が残る髪にそっと触れた。
「優しく……しないでよ」

思わずそんな言葉が口からこぼれ落ちた。
　複雑な感情がからみあって、どうしたらいいのかわからない。
　冷たく突きはなしても、洸輝はまっすぐ自分の想いを伝えてくる。
　そのまっすぐさが今のあたしには痛かった。
　洸輝がもっと嫌な人だったらよかったのに。
　可愛い後輩に告られて、顔だけで付き合うことを決めるような、そんな軽い人間だったら、ここまで悩まずに済んだ。
　軽蔑し、きらいになることができたのに。
　それなのに、洸輝は――。
　考えれば考えるほど深みにはまっていく。
　目をつぶると意識がスーッと遠のいていくのを感じた。
　少し疲れがたまっている。
　眠ってしまえばいろいろなことを思い悩まなくて済む。
　目をつぶると、父と洸輝ふたりの顔が浮かんだ。

　その日、家に帰ってからも悶々とした気持ちは続いた。
　ベッドサイドに座り、父からもらった最後のプレゼントをギュッと胸に抱きしめる。
　父が亡くなる１週間前にあたしにくれたテディベア。
　もらったとき、テディベアの首には鍵のついたひもが巻かれていた。
　学校バッグから取り出した小さな鍵のついたひもを、テディベアの首に戻す。

テディベアを持ち歩くことはできないから、いつも鍵だけをバッグに入れておまもりのように持ち歩いている。
　そうすることで父とつながっていられるような気がした。
『少し父さんに似てないか？』
　父は、まんまるとしたテディベアとは似ても似つかないげっそりとこけた頬を、わずかにゆるめて笑った。
『お父さんよりもお父さんの友達に似ているな』
『お父さんの友達？』
『そうだよ。お父さんの親友だ。これから先もずっと……ね。もしなにかあればこのクマを持っておじさんのところへ行ってごらん？』
『嫌だよ。行きたくない』
　首を振るあたしに父は優しく微笑んだ。
『花凛、いいかい？　いつかきっとこのクマが父さんの代わりに花凛に幸せと愛情を運んでくれると、父さんは信じてる』
　テディベアを差し出しながら、父はそう言っていた気がする。
『いらない』
　だけどあの日、あたしは首を横に振った。
　受け取ってしまったら、もう父と会えなくなってしまう気がしたから。
　最後のプレゼントになるとわかっていたからこそ、受け取りたくはなかった。
『もらってくれ、花凛』

父がそっとテディベアを両手であたしに差し出す。
　そのとき、パジャマの袖から見えた父の手首のあまりの細さに、泣きそうになった。
　父の手が小刻みに震えていた。
　もう、テディベアを持ちあげることさえ父には困難になっていたんだ。
　あたしはぐっと奥歯を噛みしめて感情を抑えた。
『ありがとう。お父さん……』
　そして、両手でテディベアを受け取った。
「……っ」
　あの日のことを思い出して、涙があふれた。
　いまだに父のことを考えると胸が熱くなり、涙が流れる。
　人の死は時間が解決してくれると誰かが言っていた。
　少しずつ、少しずつ。
　日が経つにつれて、楽しかった日々は思い出となり、懐かしむことができるらしい。
　でも、あたしにはまだ父を思い出にすることができない。
　いまだに父が亡くなる前のことを思い出しては、もっとこうすればよかったとか、ああすればよかったとか、後悔ばかりが募る。
　時間が経つにつれて、父への気持ちは薄れていくどころか濃くなっていく。
　心の中に開いてしまった穴。
　必死になって埋めようとしてきた。
　だけど、埋められない。

ちょっとしたことで父を思い出し、泣きそうになる。
　父に会いたくなる。
　父に……会いたくてたまらなくなる。
「……っ、うぅ……」
　鼻の奥がツンッと痛む。
　ベッドに横になり、テディベアを抱きしめる。
「お父さん……会いたいよ……」
　涙がシーツを濡(ぬ)らす。
　母が仕事で家にいなくてよかった。
　今なら思いっきり、声を出して泣ける。
　あたしは静まった部屋の中で、しゃくりあげて泣き続けることしかできなかった。


「……んっ……」
　目が覚めると、部屋の中はまっ暗だった。
　泣き疲れていつの間にか眠ってしまったようだ。
　ゆっくりとした動作で起きあがり、部屋のスイッチをつける。
　明るくなった部屋。
　のそのそと部屋から出てリビングを目指す。
　テーブルの上には１枚の書き置きがあった。
『少し遅くなります。冷蔵庫の夕食を温めて食べてね』
　丸文字の、独特な母の筆跡(ひっせき)。
　冷蔵庫を開けると、そこにはオムライスとサラダが入っていた。

「たまには手を抜けばいいのに」
　コンビニ弁当でもカップラーメンでもいいのに、母はどんなに仕事が忙しくても夕飯を作っておいてくれる。
　そういえば、今日は月末。
　母の給料日のはず。
　たまには甘いものでも買ってきてあげようか。
　洗面所でよれてしまった化粧を直してから、お財布とスマホを握りしめて、あたしはコンビニを目指した。
　もう21時を回っている。
　コンビニまでの裏通りは、昼間とはちがい車の数も少ない。
　歩いている人もほとんどいない。
　ちょっぴり怖いなと感じながらも、速歩きで、10分ほどのコンビニへ向かう。
「ハァ……着いた」
　コンビニに着くころには小走りになっていた。
　呼吸を整えてからコンビニに入り、母の大好きなシュークリームを手にレジへ向かう。
「ありがとうございました～」
　笑顔の店員さんに見送られて店を出ると、そこにはさっきはいなかった4人の男の人がいた。
　20代前半の派手な集団。
　タバコを吸いながらゲラゲラ笑っている。
　タバコのにおいに交じって、強烈なお酒のにおいがする。
　酔っ払いだ……。
　早足で横を通りすぎようとしたとき、その中のひとりと

目が合ってしまった。
「あれ〜、高校生だー。こんな時間にひとりでいたらあぶないよ〜?」
　呂律の回らない男性は、あたしの進路を妨害するように立ちふさがる。
　なにも答えずに小さく頭を下げて通りすぎようとしても、男性はそれを許さない。
「ねぇねぇ、今ヒマなの〜?　お兄さんと遊びにいく〜?」
　ニコニコ笑いながらそう言う男性。
「おいおい、お前高校生ナンパすんなって!!」
「未成年に手出したらつかまんぞー」
「ぎゃはははは!!」
　その友達が楽しそうな笑い声をあげる。
　彼らにとっては、あたしはただのからかいの対象でしかなかったんだろう。
　だけど、あたしにとってそれは恐怖でしかなかった。
　手が小刻みに震えて、足が動かせない。
　どうしよう。
　やっぱり夜にひとりで、コンビニになんか行くんじゃなかった。
　ギュッと手を握りしめて顔を引きつらせる。
「こんな時間にひとりでいるなんてあぶないぞ!　お兄さんが家まで送っていってあげるよ〜」
　そう言って、男性があたしに腕を伸ばそうとした瞬間、誰かがあたしと男性の間に割りこんだ。

「え……？」
　見覚えのある横顔に呆然とする。
「アラタさん、酔っぱらって高校生にからむのやめてくれませんか？」
　洸輝の言葉に男性がハッと我に返る。
「あれれ、洸輝じゃん。久しぶり！」
　男性が笑顔で洸輝の肩をポンポンッと叩く。
「おー、お前元気だったか〜？」
「それなりには。アラタさんは相当元気そうっすね」
「俺〜？　元気よ、超元気!!」
　親しげなふたりの会話を、ただただその場に立ちつくして眺めていることしかできない。
　すると、男性の口から意外な人物の名前が飛び出した。
「つーか、明さん元気してるか〜？」
　明って……洸輝のお父さん？
　その名前に父のつらそうな顔がフラッシュバックする。
「親父は相変わらずです」
「マジか。親父さんたちには相当世話になったからなぁ。今度時間あったら会社に行ってみるわ。無事就職したって報告もしたいし」
「アラタさんが来たら、親父も喜びますよ」
「だといいけど。てか、この子、洸輝の友達？」
　すると、男性があたしに視線を向けた。
「クラスメイトです」
「マジか。ごめんな〜、お兄さんたちちょっと酔っぱらっ

ちゃって。可愛い女子高生がいたからつい話しかけちゃった」

　男性がパチンっと両手を顔の前で合わせて謝る。
「ていうか、洸輝と同じクラスってことはヒロヤとも同じクラスってこと？」
「ヒロヤ……？」

　思わずつぶやく。

　ヒロヤって……もしかして……。
「アラタさんって、ヒロヤの兄貴」
「……林くんのお兄さん」

　たしかに、言われてみれば雰囲気やしゃべり方などよく似ている。
「じゃあ、あたしはこれで……」

　あたしは林くんのお兄さんに頭を下げると、くるっとふたりに背中を向けて歩きだした。
「――花凛、待てって」

　そのあとを洸輝がついてくる。
「暗いし、家まで送る」
「ひとりで帰れるから大丈夫だよ」
「花凛が大丈夫でも、俺が大丈夫じゃないから」

　洸輝はなんてことないように言うと、あたしの隣をキープしながら歩いた。

　夜道にあたしと洸輝の足音が響く。

　保健室でのこともあり、気まずくて洸輝の顔をまともに見られない。

ハァ……。
　どうしていつもこうタイミングが悪いんだろう。
　洸輝のことを避けようとしても、偶然が重なる。
　まるであたしと洸輝が引きあわされているみたい……。
　あたしはチラッと洸輝に目をやり、お礼を言った。
「……さっきは……ありがとう」
　今日は洸輝に２回も助けられてしまった。
「べつに礼なんていらない。でも、こんな時間になにしてたんだよ」
　洸輝が心配してくれているというのはわかっていた。
　だけど、素直にその言葉を受け入れられず、あたしはそっけなく言った。
「洸輝には関係ない」
「関係あるから」
「関係ないでしょ？　あたしと洸輝はただのクラスメイトだもん。今は隣の席だけど、席替えしたらこうやってしゃべることもなくなるよ」
「なくなんねぇよ」
「なくなる」
　あたしは洸輝の特別なんかじゃない。
　そう考えると胸が締めつけられる。
「花凛がどう思っていようが、俺は花凛に話しかけるから」
「どうして？　洸輝モテるんだし、あたしじゃなくても、しゃべる女の子ならいくらでもいるでしょ？」
「なんだよ、それ」

ふっと笑う洸輝。
　どうして笑ったのかよくわからなくて、さらに語気を強める。
「いろんな女の子に告られてるし、クラスにも洸輝を好きな子もいるし……洸輝がその気になれば彼女なんてすぐにできるもん。そうしたらあたしとなんて話す必要なくなる」
「ふぅん。で、花凛は俺としゃべりたいわけ？　それともしゃべりたくない？　どっちだよ」
「それは……」
　なんて答えたらいいのかわからずに口をつぐむ。
「なんで俺と花凛がしゃべるって話に他の子が出てくんの？」
「え……？」
「ヤキモチやいてんの？」
「……はいっ!?」
　思わず顔を洸輝に向ける。
「そ、そんなはずないよ!!」
「急にでかい声出すなって」
「べつにそんなんじゃないよ！」
「その反応、わかりやすすぎ」
　あたしの反応を見て笑う洸輝。
　自分の気持ちを、すべて洸輝に見透かされているみたい。
　洸輝の視線に耳が熱くなる。
「べつにそんなんじゃないもん……」
　尻つぼみに小さくなる声。
　その反応に洸輝は満足そうに言う。

「そっか。ま、俺的にはヤキモチやいてくれてんならうれしいなって思っただけだから」
　少しずつ家までの距離が近づく。
「もしかして、親、まだ帰ってきてないのか？」
「うん……。いつも仕事で夜遅いから」
「だからコンビニに飯買いにきたのかよ？」
「ううん。たまにはお母さんに甘いものでも買っていってあげようかなって思って」
「花凛は優しいな」
「そんなことないよ」
　そう言ったタイミングで家の前に着いた。
「ここ、うち。送ってくれてありがとう」
　洸輝にお礼を言って門扉に手を伸ばした瞬間、
「なぁ」
　と声がした。
　振り返ると洸輝がまっすぐあたしを見つめていた。
「なんかあったら我慢せずに言えよ？」
「え？」
「話聞くぐらいはできるから」
「……ありがとう」
　あたしはそっけなくお礼を言って洸輝にくるりと背中を向けて家に入った。
　まっ暗な玄関。
　いつもさみしいはずのひとりで過ごす時間。
　でも、今日は家に入ってもさみしくなかった。

『なんかあったら我慢せずに言えよ？』
　あたし、洸輝の言葉に励まされている。
　心の中がじんわりと温かくなる。
　あたしは……いったいどうしたらいいんだろう。
　どうやって洸輝に接したらいいんだろう。
　そんな迷いの気持ちが体中を支配しはじめていた。

## 最高で最低の誕生日

　６月に入り、衣替えの時期になった。
　汗ばむ陽気の日も増え、夏がすぐそこまでやってきているのを実感する。
　いつもより少しはやく学校に着いたせいで、まだ静かな教室内。
　テストも終わり、なんとなく中だるみする時期。
　あたしは黒板の日付になにげなく視線を向けた。
　６月……15日か。
　自分の誕生日が今日だったことに、今さらながら気づく。
　彼氏もいないし、これといった用事もない。
　去年は、京ちゃんと一緒に駅前のカラオケに行ってお祝いしてもらった。
　今年は……。
　そう考えていると、なぜか頭に洸輝の顔が浮かんだ。
　な、なんで今洸輝のことを考えちゃったんだろう。
　あわてて首を横に振って、頭の中から洸輝の姿を追いだす。
　そのとき、突然ポンポンっと肩を叩かれた。
　振り返ると、そこには満面の笑みを浮かべる林くんが立っていた。
「おはよ！　なぁ、奥山〜。今、ヒマ？」
　人懐っこい笑顔を浮かべた林くんは空いていたあたしの前の席に回りこんでドカッと座ると、背もたれを腕で抱き

しめた。
　林くんと向かいあうような態勢になり、少しだけ身構える。
　彼はあたしの前髪を遠慮なく『ウケる』と言った。
　なんでもかんでも思ったことをすぐに口にする林くんが、あたしはちょっぴり苦手だ。
「そんな怖い顔すんなって〜!!　てか、ぼーっと黒板見てたのってなんで？」
「……今日誕生日だなって思って」
「奥山の!?」
「うん」
「マジか！　すげぇ、偶然だな!!」
　なんだかよくわからないことをブツブツつぶやきながら、納得している林くん。
　林くんへの苦手意識を再認識する。
「……あたしになにか用？」
「用っていうか、ちょっと奥山としゃべってみたくて」
「どうして？」
「どうしてってそりゃ洸輝が気に入ってるからでしょー」
「え？」
　林くんの口から出た洸輝という言葉に、思わず反応してしまう。
　林くんはあたしの気持ちを見透かしたように、ニヤッと笑った。
「ていうか、奥山はぶっちゃけ洸輝のことどう思ってんの？」
「どうって？」

「好きなの？　きらいなの？」
　あまりにストレートな質問に面食らう。
「って、そりゃ言いづらいか。じゃ、質問変える。洸輝のなにが不満なの？」
「え……」
　いつもふざけている林くんの顔から笑みが消えている。
「奥山、洸輝のこと避けてるっしょ？」
「べつに……避けてるわけじゃ……」
「俺、当ててみていい？　奥山は本当は洸輝が好き。でも、洸輝のことを好きって言ったら、他の女子に攻撃されそうで怖い」
　林くんは続ける。
「恋愛経験のない奥山は今の状況に悩んで、洸輝を避けることにした。そうすれば、自分の気持ちを忘れられると思ったから」
　得意げに話す林くん。
「だけど、洸輝への気持ちは止めらんない。気持ちを悟られないように、ちょこちょこ熱い視線を送ることしかできない——」
「ま、待って!!」
　まだまだ話し続けそうな林くんを制止する。
「あたし、べつに洸輝のこと——」
「いや、奥山は洸輝のこと気にしてる。それに、洸輝も奥山のことを気にしてるのが俺にはわかる」
「な、なんで？」

「俺、洸輝の幼なじみだから。アイツのこと、アイツ以上にわかる自信があるんだよ」
「林くんと洸輝が幼なじみ……？」
「そうそう。幼稚園のときからの仲だからもう10年以上。小中高一緒だし、すげぇ長い付き合い」
「そうだったんだ」
　仲がいいなとは思っていたけど、まさかふたりが10年以上の仲だとは知らなかった。
「洸輝ってさ、すげぇモテるじゃん？　言いよられることは数えきれないほどあったのに、アイツが女の子に言いよってんの見たことがないわけよ」
「そうなの？」
「そう。でも、奥山にだけは珍しく洸輝のほうから言いよってた」
「べつに言いよられてないよ？」
「そうか？　俺には、洸輝が奥山に言いよってるように見えたけど。でもまあ、それすら俺はうれしかったけど」
「どうして林くんがうれしいの？」
「みんな知らないんだよ、洸輝のこと。洸輝は自分の気持ちを顔に出したりしない。絶対に見せようとしないから」
「どういう意味？」
「ちょっとでかい声じゃ言えない話だから……」
　林くんはあたしにクイクイッと手招きして、顔を近づけるように合図する。
　あたしは顔を林くんに近づけた。

「奥山だから話すけど、実はアイツさ——」
　林くんが身を乗りだしてあたしの耳に唇を寄せた瞬間、隣からバンッという音が響いた。
　あわてて音のするほうへ顔を向けると、そこにいたのは洸輝だった。
　音の原因は洸輝がバッグを机に置いた音だった。でも、普通に置いただけでするような音ではなかった。
「おっ、洸輝〜‼　おっはよー」
　何事もなかったかのような笑顔を浮かべる林くん。
　その変わり身のはやさに、思わずくすっと笑ってしまった。
　すると、洸輝が眉間にしわを寄せてあたしをにらんだ。
「朝からずいぶん楽しそうだな」
　珍しく怒った表情を浮かべている洸輝。
「うんうん〜。すげぇ楽しい話を奥山としてたんだよ。なっ、奥山〜？」
「え？　あっ……うん？」
　火に油を注ぐようなことを、楽しそうに言う林くんの意図が読みとれない。
　首をかしげて苦笑いを浮かべると、
「……へぇ」
　洸輝はあきらかに不快そうな表情を浮かべながら、自分の席に座った。
　３人の間に重苦しい空気が広がる。
　なんか……怒ってる？
　おそるおそる洸輝の顔色をうかがう。

でも、洸輝は腕を組み眉間にしわを寄せたまま、まっすぐ黒板を見つめている。
　やっぱり怒ってる……。
　あたしの前にいる林くんは、そんな洸輝を見つめてニヤニヤと笑っている。
　そのとき、ポケットの中のスマホがブーブーと音を立てて震えた。
　取り出すと、画面には京ちゃんの名前が表示されていた。

【京ちゃん：happy birthday!!】

　アプリを開くと、そこにはケーキを持った女の子のスタンプが押されていた。
　京ちゃん……今日があたしの誕生日だって、覚えていてくれたんだ。
　うれしくて温かい気持ちになったものの、京ちゃんからのメッセージには続きがあった。

【京ちゃん：花凛、お誕生日おめでとう!!　これからもずっと親友だよ!　本当は会って伝えたかったんだけど、今朝、熱が出ちゃって。今日は学校に行けそうもないんだよ。去年と同じように、カラオケでお祝いしたいなって思ってたんだけど本当にごめん!!　少し遅れちゃうけど、絶対お祝いするから】

京ちゃん……具合悪いんだ。
　あたしはすぐさま返信した。

【京ちゃん、ありがとう!!　うれしかったよ〜！　具合大丈夫？　あたしのことは気にせずゆっくり休んで早く元気になってね！】
【京ちゃん：ありがとう！　本当にごめんね！　早く治るようにとりあえず寝るわー】
【うん！　おやすみ】

　スマホを机に置いてハァと息を吐く。
　今日……なにしようかな。
　そんなことをぼんやり考えていると、朝のHR（ホームルーム）を告げるチャイムが鳴りだした。
「奥山、さっきの話はまたあとでな〜！」
　ヒラヒラと手を振って自分の席に戻っていく林くん。
　たしかに話を途中までしか聞いていなかった。
　こっそりしなくちゃいけない洸輝の話って、いったいなんだったんだろう。
「みんな、おはよう。ほら早く席につけー！」
　担任の先生が教壇に立つ。
　そのとき、再び机の上のスマホが震えた。
「え……？」
　画面には洸輝の名前。
　チラッと洸輝に視線を向けると、バチッと目が合った。

洸輝は自分の唇に人さし指を当てると、机に隠した自分のスマホを指でさした。
　あたしは小さくうなずいて、手もとのスマホに視線を向ける。

【洸輝：さっきヒロヤとなに話してた？】
【べつにたいした話はしてないよ】
【洸輝：そうは見えなかった】
【本当だよ】

　嘘じゃない。
　あたしの誕生日が今日とか、林くんがあたしの洸輝への想いを勝手に妄想した話を聞いたりしただけ。
　洸輝の肝心(かんじん)な話は聞いていないし、本当にたいしたことないおしゃべりだった。

【洸輝：そっか。詮索(せんさく)して悪かった】
【ううん、大丈夫】
【洸輝：つーかさ、今日放課後暇？】

　すると、唐突にそんなメッセージがポンッと画面に表示された。
　まさかの言葉に思わずスマホを落としそうになる。
　放課後に会うってことは……デートするっていうこと？
　既読(きどく)になったメッセージ。

あたしがそのメッセージを読んでいることを、洸輝は知っている。
　なんて返したらいいんだろう。
　はやく返さなくちゃ。
　スマホを握りしめて考える。
　今日は……あたしの誕生日だ。
　そんな日に洸輝に会うことは、はばかられる。
　だけど……。
　あたしはすぐに返事ができなかった。
　心の中で複雑な感情が絡みあって、YESともNOとも言えない。
　でも、頭の中ではわかってる。
　すぐにNOと返事をしなくてはいけないと。
　洸輝になにかされたわけじゃない。
　だけど、父は洸輝のお父さんに裏切られた。
　あたしにとってお父さんは、世界でたったひとりしかいない。
　お父さんが傷つけられたという事実は、どうやったって覆せない。

【ごめん。予定があるから】
【洸輝：何時でもいいんだけど、無理？】
【ごめんね】

　そんなやりとりを交わしている間にHRが終わっていた。

ザワザワとうるさくなる教室。
「なぁ」
　すると、隣から洸輝が声をかけてきた。
「今日、どうしても時間とれないか？」
「ごめん。本当無理だから」
　そっけなく返しても、洸輝はめずらしく食いさがる。
「ちょっとでいいから」
「だから無理だって言ってるでしょ？」
「つーか、用ってなんだよ？」
「そんなの、洸輝に言う必要ないよ」
「でも、聞かないとあきらめられねぇから」
「なにそれ。もういい」
　そう言って席を立つ。
　これ以上問いつめられても答えられない。
　そのまま教室を出て、逃げるように廊下を歩く。
　とりあえず、このままトイレに行ってしまおう。
　そう思ったのもつかの間、追いかけてきた洸輝に手首をつかまれた。
「花凛、待てって」
　呼び止められて振り返る。
　そこには、真剣な表情を浮かべる洸輝の姿があった。
「俺と会えない理由言うまで離さない」
「そんなこと言われたって困るよ」
「俺と会うのが嫌で予定があるって嘘ついてんのか？」
「ちがう……!!」

「じゃあ、なんで?」
　洸輝の目をまっすぐ見られない。
　すると、廊下で話すあたしたちのまわりにガヤガヤと野次馬が集まりはじめる。
「洸輝くんなにしてんだろ。ていうか、あの子誰?」
「同じクラスの子じゃない?」
「えー、どういう関係なんだろ。まさか付き合ってるとか?」
「ありえないでしょ〜? 洸輝くんとあの子じゃぜんぜん釣りあってないもん」
「きゃははは!! だよね〜!!!」
　まわりの声はすべて筒抜けだった。
「——離して!!」
　急に恥ずかしくなり、洸輝の手を振りはらう。
「あたしがなにしてても洸輝には関係ないでしょ!?」
「関係ないって勝手に決めるなって」
「だって、そうだもん。お願いだから、もうあたしにかかわらないで!」
　これ以上、心をかきまわさないで。
　洸輝にとってはたいしたことのない行為が、あたしにとってはそうじゃない。
　お願いだから、もう放っておいて。
「いやだって言ったら」
　茶色い瞳がまっすぐあたしを捕える。
　心臓の鼓動が速くなる。
　でも、頭の中は冷静で。

きっと、これを言ってしまえば洸輝があたしに話しかけてくることはなくなるだろう。
　太陽のような笑顔を向けてくれることも……。
　そして、洸輝を傷つけてしまうだろう。
　それでも、あたしにできることは冷たく洸輝を突きはなすことだけだった。
　あたしたちふたりは……どうやったって交わらない。
　だから……あたしは洸輝を遠ざけようとする本当の理由も言わない。
　秘密は秘密のまま……洸輝から離れよう。
「もう……話しかけないで。洸輝の言うとおりだよ。あたし、洸輝と会うのが嫌で……予定があるって嘘ついたから」
　洸輝の眉がわずかに反応する。
　あたしは唇をキュッと噛んで感情を抑える。
「えっ、なに？　あのふたりなんの話してんのかな？」
「わかんない。もしかして別れ話してるとか」
「嘘、マジで!?」
　野次馬には、あたしと洸輝の会話がうまく伝わっていないらしい。
「じゃあ、そういうことだから」
　そう言って洸輝の隣を通りすぎる。
　そのとき、パシッと腕をつかまれた。
「さっき言ったこと、本当か？」
「本当だよ」
　そう言って洸輝から視線をそらして唇を噛む。

「わかった」
　洸輝は視線を足もとに下げてつぶやくように言うと、そっとあたしから手を離した。
　これでよかった。
　これでよかったんだ。
　そう思う半面、もっと他にできることがあったのかもしれないと思ってしまう。
　曇った洸輝の顔を思い出して、胸が締めつけられる。
　ごめんね、本当にごめん。
　心の中で何度も謝る。
　なんにも知らない洸輝を傷つけてごめん。
　その日、洸輝は学校にいる間中あたしと話すことはおろか、目も合わせようとしなかった。
　帰りのHRが終わり、みんないっせいに帰り支度を始める。
　あたしが荷物をバッグに詰めこんでいるときには、洸輝は立ちあがり教室から出ていってしまった。
　自分から突きはなしたんだから洸輝の態度は当たり前だ。
　それなのに、どうして胸が痛むんだろう。
『花凛、じゃあな』
　帰るとき、必ず声をかけてくれる洸輝。
　その言葉がないだけで、どうしてこんなにも心細いんだろう。
　バッグを肩にかけてひとりトボトボと歩きだす。
「ねぇ」
　すると、昇降口付近で突然3人組の女の子に呼び止めら

れた。
　隣のクラスの派手な女子だ。
　今まで、とくにこれといったかかわり合いはない。
「……なに……？」
　おそるおそる尋ねる。
　彼女たち３人の目はあきらかに敵意丸出しだった。
「アンタさぁ、洸輝くんのこと廊下で怒鳴りつけてたでしょ」
　そう言われてようやくピンッとくる。
　あたしを引きとめたのは洸輝のことが理由だったんだ。そういえば、彼女たちは洸輝を追っかけまわしている洸輝の熱狂的なファンだった。
　なんて答えたらいいのかわからずに黙っていると、ひとりがあたしの肩を手のひらで押した。
　ぐらりと体が揺れる。
「調子乗ってんじゃねぇよ!!」
「洸輝くんは誰にでも優しいんだから!!　アンタだけが特別なわけじゃないし誤解しないでよね!!」
「アンタと洸輝くんじゃ不釣り合いだから」
　３人は口々にあたしに毒を吐く。
　なにも言い返さず、黙って彼女たちの話を聞いているあたし。
　反応のなさに飽きたのか、３人はまくしたてるように罵声を浴びせて去っていった。
　その場に残されたあたしは、ぐっと拳を握りしめることしかできなかった。

彼女たちの言うことがすべて正しいような気がしたから。
　洸輝は誰に対しても優しいし、あたしだけが特別なわけじゃない。
　彼女たちが誤解するような関係はあたしと洸輝にはないけれど、不釣り合いなのもわかってる。
　だからこそ、わからないこともある。
　洸輝があたしのことを気にかける理由が、いまだにわからない。
　とぼとぼと人けのない道を歩き、家路を急ぐ。
　そのとき、前から歩いてきた他校の生徒に気がついた。
　手をつないでラブラブそうなカップル。
　ふたりから視線を外して、足もとに視線を落としながら歩く。
　横をすれちがうとき、ふたりの会話が耳に届いた。
「――ってことで、お泊り禁止だって。ウザくない？」
「マジか。お前の親父門限にも厳しいもんなぁ」
「でしょ～？　お父さんなんていなくなってくれればいいのに。いっつもガミガミうるさいしさ」
「ははは、だよな～」
　楽しそうに話すふたりとは裏腹に、あたしの気持ちは沈んだ。
　いなくなっても、本当にそう思う？
　心の中でふたりに尋ねる。
　そばにいてほしくても、いてもらえないさみしさ。
　手を伸ばしても、二度と握り返してもらえないもどかしさ。

会いたい、という永遠に叶うことのない願い。
　人は大切なものを失ってから、ようやくそれが大切だったと気づく。
　失ってからでは遅いのに、あとになってそれを悔やむ。
　ああすればよかった、こうすればよかった。
　そんなことをいくら考えてももう遅い。
　当たり前のことが当たり前じゃなくなるのなんて、あっという間。
　そういえば、洸輝も以前そう言っていた気がする。
『当たり前って思ってることが、当たり前じゃないんだよな』
『ずっと続いていくって思ってたことが、突然終わりを迎えることもあるってこと』
　たしかにそう言っていた。
　順風満帆に見える洸輝の人生にも、そう感じるなにかがあったのかもしれない。
　でも、それはきっとほんの一瞬のこと。
　あたしと洸輝はまったくちがう境遇を生きている。
　あたしたちは永遠に交わることはない。


「ただいま……」
　家に帰り玄関を開ける。
　母は今日も仕事のようだ。
　テーブルの上のメモを手に取る。

【花凛、17歳の誕生日おめでとう！　帰ってきたらお祝いしようね】

　去年は京ちゃんとカラオケに行ったあと、家に帰ってから、近くのケーキ屋さんで買ってきてもらったショートケーキと、母手作りのハンバーグやコーンスープを、ふたりで食べた。
　ささやかだけれど、幸せだった。
　今年も去年と同じように誕生日を迎えると、信じて疑わなかった。
　20時を回った頃、母からの電話がかかってくるまでは。
『もしもし、花凛？』
　電話口から聞こえる母のくぐもった声にあせりがにじんでいた。
『うん。どうしたの？　なにかあった？』
『実はね、今日商品の発注ミスがあって。それが解決しないとお母さん帰れないのよ』
『……え？』
　予想外の出来事に、一瞬言葉に詰まる。
『花凛、ごめんね。今日は花凛の誕生日だから早く帰ろうとしてたんだけど……。ちょっと遅くなりそう。もしかしたら、予約していたケーキも取りに行けないかもしれないの』
『そっか。そうなんだね』
　母の言葉を他人事のように聞く。

頭ではわかっていても、心が言うことをきかない。
『あのさ……』
　これを言ったら母を困らせるとわかっている。
　ううん、わかっているからこそ、あたしはわざとこう尋ねた。
『どうしても帰ってこられないの？　あたし、ずっと待ってたんだよ？　それに、あたし、今日誕生日だよ？』
『わかってるわ。本当にごめんね。もし今日がダメなら、明日——』
『明日じゃ誕生日終わってるじゃん』
『花凛……』
　母が電話口でどんな顔をしているのかすぐに想像がつく。
　あたし、意地悪だ。
　母が悲しそうな表情を浮かべているとわかっていながら、母を追いつめるようなことを口にしている。
　でも自分を止めることができなかった。
『もういい。あたしの誕生日なんて祝わなくていいから』
　そう言うと、あたしは一方的に電話を切った。
　これ以上話していると、感情を爆発させてしまいそうだったから。
「ハァ……」
　ベッドに座りこんで盛大なため息をつくと、静かな部屋の中に響いた。
　静かだな……。
　急に心細くなり胸が苦しくなる。

ひとりでいたくないのに、一緒にいられる人がいないという現実があたしを苦しめる。

　今日はさんざんな日だった。

　京ちゃんは風邪で休みだし、洸輝のことを傷つけるし、洸輝ファンに責められるし、カップルの嫌な会話を聞いてしまうし、母も仕事で帰ってこられない。

　どうして嫌なことってこんなにも続くんだろう。

　いいことはぜんぜん続かないのに。

　目頭が熱くなる。

　泣かないように必死にこらえた。

　時計の針が21時を回る。

　いまだに母が帰ってくる気配はない。

　落胆していると、ベッドに置いてあったスマホがブーブーっと音を立てた。

　手に取り画面を見ると、そこには洸輝の名前が表示されている。

　洸輝……？

　こんな時間に電話をかけてくるなんて……なにかあったのかな……？

　でも、今朝の出来事が頭をよぎり、電話に出ることをためらう。

　少しすると電話が切れた。

　よかった……。あきらめてくれた。

　ホッとしたのもつかの間、今度はメッセージが届く。

　そこに表示されていた文字にあたしは目を見開いた。

【洸輝：今、花凛の家の前にいんだけど、ちょっと出てこれないか？】

　うちの前……？
　こんな時間にどうして？
　弾かれたように立ちあがって、カーテンに手をかけてハッとする。
　あたしは今日、洸輝にひどい言葉を浴びせた。
『もう……話しかけないで。洸輝の言うとおりだよ。あたし、洸輝と会うのが嫌で……予定があるって嘘ついたから』
　そんなことを言っておきながら、なにもなかった顔で会うことなんてできない。
　だけど、こんな夜遅くにどうして洸輝がうちに来たのかが気になる。
　もしかしたら……洸輝になにかあったのかもしれない。
　そう考えるといてもたってもいられない気持ちになる。
　どうしよう。出るべきかな……。それとも──。
　優柔不断な自分が嫌になる。
　悩んでいると、ふたつ目のメッセージが届く。

【洸輝：ごめんな、やっぱ無理だよな】

　困ったように笑う洸輝の笑顔が頭に浮かぶ。
　突きはなそうと決めたのはあたしだ。
　それなのに、どうしてこんなにも洸輝のことが気になっ

てしまうんだろう。
　洸輝を傷つけたくないと思ってしまう。
　矛盾(むじゅん)する感情が複雑に絡みあう。
「……洸輝!!」
　頭と体が別々になってしまったみたい。
　自分の意思とは関係なく、あたしは窓を開けて洸輝の名前を呼んでいた。
　洸輝はあたしの姿に気づくと、「よう」と笑った。
　もう二度と向けられることはないと思っていたその笑顔が、自分に向けられている。
　それだけがうれしくて仕方がなかった。
「……待ってて。今、行くから」
　あたしはそう言うと、スマホと家の鍵を持って階段を駆けおりた。

　あたしは洸輝に連れられて近くの公園にやってきた。
　電灯の多いこの公園。
　遠くのほうで、スケボー特有のガーガーと地面を削(けず)る音が聞こえてくる。
「わりぃ、急に呼び出して」
　ベンチに腰かけると、洸輝が謝った。
「もう話したくないって言われてたし、無視されんだろうなって思ってたから出てきてくれてうれしかった」
　洸輝はニッと笑う。
　少し意地悪なその笑みから目をそらす。

「ごめんね……」
「謝んなって」
　洸輝はそう言うと、バッグの中からゴソゴソとなにかを取り出した。
「ごめんな、この時間もうケーキ屋やってなかったから」
　そう言って袋からコンビニのケーキを取り出す。
「ケーキ……？」
「花凛、今日誕生日だろ？」
「そうだけど……どうして洸輝が……？」
　あまりに突然のことにビックリしすぎて、思考がうまく働かない。
「ヒロヤからさっき連絡きて、花凛が今日誕生日だって聞いたから」
　たしかに今朝、話の流れで林くんとそういう話になった。
「……花凛、17歳の誕生日おめでとう」
　洸輝はイチゴのケーキにろうそくをさして、火をつけてくれた。
　暗闇の中にユラユラと揺れる炎が、あたしと洸輝の顔をオレンジ色に照らしだす。
「ありがとう……」
　お礼を言ってろうそくの火を消す
　今、起こっていることが信じられない。
「ケーキ食うか？」
「うん……」
　フォークでケーキを口に運ぶと、生クリームの甘みが口

いっぱいに広がった。
「おいしい……おいしいよ……」
「マジか。ならよかった……って、花凛なんで泣いてんだよ」
　ケーキを食べると、自然と涙があふれた。
　泣こうと思っていたわけじゃないのに、涙が止まらない。
　今まで食べたケーキの中で、今食べているケーキが一番おいしく感じられた。
　洸輝の気持ちがうれしかった。
　それと同時に、洸輝に冷たくして突きはなしたことへのうしろめたさを感じていた。
　なにかを言おうとしても、うまく言葉にならない。
「泣くほど嫌だったのか？」
　洸輝の言葉にブンブンと首を横に振る。
「だったらなんで泣くんだよ」
「ごめんね……」
「だから謝るなって」
　ケーキを食べ終えて少しすると、気持ちが落ち着いてきた。
　それを見ていた洸輝は、ホッとしたようにあたしの頭をポンポンッと叩いた。
「俺に力になれることってないか？」
「え……？」
「あんま無理すんなって。なっ？」
　優しい洸輝の言葉に心が揺れる。
　どうしてかな……？

洸輝はあたしが欲しい言葉をわかっているみたい。
「ねぇ、洸輝……？」
「ん？」
「どうして……あたしのために……いろいろしてくれるの？」
　洸輝は誰に対しても優しい。
　だけど、たまに勘ちがいしてしまいそうなことを口にしたりもする。
　洸輝があたしを好きなんじゃないかって……。
　今だってそう。
　誕生日だと知ってケーキを買ってきてくれた。
　洸輝がわざと、なんとも思っていない女の子に気を持たせるようなことを言うとは思えない。
　洸輝にかぎってそんなことはしないと言い切れる。
　あたしが……思いあがっているだけのかな……？
　今までろくに恋愛経験がないから、勝手にそう思ってしまうだけ……？
「どうしてって、そんなの簡単なことだろ」
「簡単？」
「あぁ。俺、今まですげぇわかりやすく態度とか言葉に出してたと思うんだけど」
「え？」
「鈍感すぎだろ」
　洸輝はふっと苦笑いを浮かべると、あたしをまっすぐ見つめた。
「俺、花凛が好きだ」

えっ……？
　思わず目を見開く。
　洸輝の言葉が頭の中に響いた。
「好きな子の誕生日だって知ったから、こんな時間に会いにきたに決まってんだろ」
「うそ……」
　洸輝の口から出た『好き』という言葉に、頭がフリーズしかける。
「誕生日だからって全員に会いにいったりしないから」
「でも洸輝は優しいから……」
「そんなことない。俺が優しくしたいのも大切にしたいのも、お前だけ。だからこうやって会いにきたんだって」
「信じられないよ……」
　思わず洸輝から顔をそらす。
　あたりが暗くてよかった。
　動揺して自分でもわかるくらい顔が上気している。
　ドキドキとうるさい音を立てて暴れる心臓。
　隣にいる洸輝に聞こえてしまうんじゃないかって、心配になるほどだ。
「嘘じゃないから」
「でも……どうしてあたしなの？　洸輝はモテるし、あたしじゃなくたって……」
「他の子じゃダメだから。花凛の代わりはいねぇよ」
　洸輝の言葉に力が込もる。
「花凛は本当に俺のこときらいなのか？」

「それは——」
　本当はきらいじゃないよ。
　心の中でつぶやいて、キュッと唇を噛む。
　すると、洸輝はあたしの肩を優しくつかんだ。
「なんで自分の気持ち隠すんだよ」
「え？」
「そうしないといけない理由でもあんのか？」
「どういう意味……」
「だったら、俺と付き合う理由をつくればいい」
　洸輝はそう言うと、顔を近づけてきた。
　それは一瞬の出来事だった。
　唇に訪れたやわらかくて温かい感触。
　ふわっと鼻に届く洸輝の甘い香水の匂い。
　甘酸っぱい気持ちが胸の中いっぱいに広がる。
　目を見開いたとき、洸輝の顔があたしから離れた。
「なんでいつも嘘つくんだよ」
「え？」
　頭がうまく働かない。
「花凛、嘘つくとき必ず唇噛むんだよな。知ってた？」
　……知らなかった。
　そんな癖まで見抜かれていたなんて。
　今まで……必死になって洸輝を避けてきた。
　できるだけ近づかないように距離を置いていた。
「あたしは……」
　でも今、自覚してしまった。

あたしは洸輝が好き。
　洸輝のことが好きだったんだ……。
　ずっと自分の気持ちにふたをして、見て見ぬふりをしてきただけ。
　あたしはずっと前から洸輝に惹かれていた。
　キスをされたときだって、ぜんぜん嫌じゃなかった。
　あたしにとってはファーストキスだったのに。
　言葉に詰まるあたしを洸輝はじっと見つめる。
　あたしは……洸輝のことが好き。
　大好きだ。
　だけど、好きって言えないよ。
　自分の気持ちを洸輝に伝えることはできない。
　父を裏切った親友が、洸輝のお父さんだと知ってしまった以上、あたしは洸輝と一緒にはいられない。
　一緒にいれば、天国にいる大好きなお父さんを裏切ってしまうことになるから。
　そんなことあたしにはできない。
　だから、あたしは――。
「洸輝のことなんて好きじゃないよ」
　膝の上に置いた手のひらをギュッと握りしめる。
　洸輝が知っている私の癖……唇を噛みしめそうになるのを必死にこらえる。
　ごめんね、洸輝。あたし……今から最低なことを言うよ。
　でも、こうするしかないの。本当にごめんね。
　心の中で謝ってから洸輝に冷たい視線を投げかける。

「それにさ、洸輝って誰彼かまわずキスとかするんでしょ？　さっきあたしにしたみたいに」
「は？　そんなことするわけないだろ」
「あたし、そういう遊び人好きじゃないの。洸輝って、自分がカッコいいからって誰でも簡単に落とせるって思ってない？　あたしはなにされたって洸輝のこと好きにならないから」
「俺は──」
「あたし、もう行くね」

　洸輝がなにか言うのをさえぎって、私はスッとベンチから立ちあがる。

　このままここにいたら、きっとあたしは泣いてしまう。

　洸輝に冷たい言葉を投げかけているのは自分なのに、これ以上洸輝を傷つけたくないと強く思う。

　矛盾してるってわかってる。だけど、洸輝を突きはなすのは洸輝のためでもある。

　もしも、洸輝が私の父と洸輝のお父さんの関係を知る日が来たらどう思うだろう。

　……どう考えたって、洸輝が傷つくのが目に見えている。

　それを知ったことで、お父さんやお母さんとの関係だって悪くなるかもしれない。

　なに不自由ない生活をしている洸輝。

　洸輝にはこのまま幸せでいてほしい。

　それがあたしの願いだった。

　洸輝の当たり前を奪いたくなかった。

だからこそ、あたしは自分の気持ちを洸輝に告げることはできなかった。
　好きだからこそ。大好きだからこそ、あたしは洸輝を突きはなす。
　今までは、自分のために洸輝を突きはなしていた。
　だけどもう自分のためだけではない。
　あたしを『好き』と言ってくれた洸輝の幸せを守るためにあたしは——。
「……俺はあきらめないから」
「好きにすればいいよ。あたしは絶対に洸輝のことを好きになんてならないから」
「いいよ。花凛が俺を好きじゃなくても、俺は好きでいるから」
　胸が痛んで目頭が熱くなる。
「……ケーキ、ありがとう。でも、もう夜遅く急にうちに来たりしないで。迷惑だから」
　背中を向けて洸輝にそう言う。
　その声が若干震える。
「わかった。ごめんな。暗いし家まで送ってくから」
「……お願いだからもう優しくしたりしないで‼」
　静かな公園にあたしの叫び声がこだまする。
「もう行く。じゃあね」
　あたしはそう言うと、全速力で駆けだした。
「花凛！」
　背中に洸輝の声がぶつかった。

でも、立ち止まることも振り返ることもしない。
ただただ走り続ける。
家まであと少しというところまできて、歩みをゆるめる。
洸輝が追いかけてくる気配はない。
膝に手をついてハァハァと乱れた息を整える。
『……俺はあきらめないから』
洸輝のその言葉に胸が締めつけられる。
あたしじゃなくたっていいのに……。
洸輝ならすぐにいい子が見つかるよ。
あたしにこだわる必要なんてないんだよ？
「……ごめんね。洸輝、ごめん……」
　誰かに『好き』と言われたのは、生まれて初めてだった。
　こんな自分を好きになってくれた人がいたことが、うれしかった。
　うれしかった。本当にうれしかったんだ……。
　力なく歩道にしゃがみこむ。
　ずっとこらえていた涙があふれだす。
　手を伸ばせば洸輝は握り返してくれただろう。
　だけど、あたしはそれができなかった。
　自分の選択はまちがいではないと何度も頭の中で繰り返す。
　あたしと洸輝が一緒にいたって絶対に幸せになれない。
『なんでいつも嘘つくんだよ』
　って洸輝に言われたけれど、本当のことを話せるわけがない。

話せば洸輝を傷つけることになる。
　だったら……これ以上傷つけてしまう前に洸輝から離れてしまえばいい。
　そうすればいいと思っていたのに、どうして涙が止まらないんだろう。
　ねぇ、洸輝。
　あたし、いつの間にかこんなにも洸輝のことを好きになっていたんだね。
　なにも知らない洸輝を傷つけて、ごめんね。
　本当にごめん。
　涙が頬を伝って地面に落ちる。
「うぅ……っ。ひっ……」
　痛む胸を押さえて声を出して泣く。
　17歳の誕生日。
　洸輝に告白されて最高だったはず。
　でも、あたしは洸輝に冷たい言葉をぶつけて逃げてしまった。
　最高であり、最低だった誕生日。
　それでも洸輝に祝ってもらえたこの日を……あたしは一生忘れないと心に誓った。

## キミへの想い

　6月中旬。
　汗ばむ陽気が続くこの日、体育が終わり教室に戻り下敷きで顔をあおいで涼む。
「あっつー、マジ溶けそう。化粧よれるし最悪」
「ホント熱いね」
「しかも、廊下でイチャつくアイツらが見えんのも暑苦しいわ〜」
　京ちゃんの指さす方向に視線を向ける。
　そこにいたのは洸輝と女の子だった。
　以前、洸輝に告白したという年下の可愛い女の子。
「あの子、いつもうちの教室くるよね」
「……そうだね」
　興味なさげに言いながら、楽しそうにしゃべっているふたりからパッと目をそらす。
　本当は見ていられなかった。
　洸輝が他の女の子と一緒に楽しそうにしゃべっているだけで、胸がわしづかみされたように痛くなって、いてもたってもいられなくなる。
「ていうかさ、本当にいいの？」
「なにが？」
「日向のこと」
　京ちゃんには今までの出来事すべてを話した。

誕生日に洸輝がうちまで来てくれたこと。
　ケーキを公園で食べて、そのあと告白されたこと。
　でも、冷たく突きはなして走って逃げたこと。
　すべてを話し終えたあと、京ちゃんはポツリと漏らした。
『それって、花凛の自己満じゃん。なにも知らない日向がかわいそうだよ』
　京ちゃんはこうも言っていた。
『日向はなにも知らないんだよ？　逆だったらどう？　今まで仲よくしてた日向が花凛のことを突然避けたらどう思う？　嫌じゃない？　その理由だって気になるはずだよね』
『……嫌……だよ』
『でしょ？　それなのに、どんなに避けられても日向は花凛のことあきらめないって言ってくれてんだよ？　日向、どんだけいいヤツよ。花凛、絶対に後悔するって。自分で全部背負いこんで解決しようとするのやめなって。つらくなるだけだよ？』
『京ちゃんがあたしなら、どうする？』
『あたしが花凛なら、正直に日向に全部話すよ』
『全部……？』
『そう。今まであったこと全部。おたがいのお父さんのことも全部。そうしないとふたりとも前に進めないよ』
　京ちゃんはハッキリそう言った。
　京ちゃんの言うことはいつも正しい。
　だからこそ、自分が洸輝にしていたことはまちがっていたのかもしれないと考えさせられる。

「日向、あの女の子と付き合いだしちゃったのかもよ？　最近、頻繁に来るでしょ？」
「うん……」
「ねぇ、花凛。日向のこと好きな女の子はいくらでもいるんだから、いつアイツに彼女ができちゃってもおかしくないんだよ？」
　京ちゃんの言葉が胸に突き刺さる。
　洸輝が、女の子としゃべっているだけでもこんなにも息苦しいのに、もし彼女ができたらあたしはどうなってしまうんだろう。
　再び廊下に視線を向ける。
　やっぱり今も楽しそうにしゃべっているふたり。ふたりとも美男美女で絵になる。
　あそこで洸輝と笑いあっているのが自分だったら、どんなに幸せだろう。
　そんな想像をふくらませてしまう。
　バカみたい。
　あたし……今さら、なに考えているんだろう。
　お似合いすぎるふたりから再び目をそらそうとしたとき、洸輝とバチッと目が合った。
　あっ、という顔をする洸輝。よそ見する洸輝の腕に女の子が触れる。
　あたしはその瞬間、あわててふたりから顔を背けた。
　心臓がバクバクと脈打って体の中で暴れている。
「どしたの？」

「な、なんでもない」
　手が小刻みに震えて、視点が定まらない。
　動揺するあたしを変に思っているのか、京ちゃんが首をかしげる。
　そのとき、隣の椅子がうしろに引かれた。
「そんなあわてて目そらすなよ」
　洸輝は席に座ると机に肘をつき、左側にいるあたしに顔を向けた。
「あぁ、花凛ってば、日向と目が合ったからそんなにあわててたわけ？」
「それどういう意味？」
　洸輝が京ちゃんに聞き返す。
「急にこわい顔してさー。花凛、日向とさっきの可愛い子がしゃべってたのが気になったみたいでさ」
　って、京ちゃん!?
「ち、ちがうよ!!　京ちゃんやめてって……」
　京ちゃんと洸輝の会話にあわてて割りこむ。
「前も言ったけど、俺あの子となにもないから」
　すると、洸輝はハッキリした口調で言った。
「付き合ってないし、これから先、付き合う気もない」
　その言葉に胸の中がじんわりと温かくなる。
　洸輝の告白を断ったのだから、洸輝があたし以外の誰と付き合ってもおかしくはないし、あたしにそれを止める権利なんてない。
「べつにあたしは……」

「日向、花凛もいろいろ考えてるんだよ」
　あたしの言葉をさえぎるように、京ちゃんが洸輝に言った。
「日向はさ、花凛のことどんなことがあっても裏切らないよね？　離れていかないよね？」
「当たり前だろ」
「だよね。だったら花凛の気持ちの整理がつくまで、少し待っててあげてよ。あたしは日向と花凛がうまくいけばいいなって思ってるから」
「吉野……、お前意外といいヤツなんだな」
「……意外って言葉が余計なんですけど？」
「わりぃわりぃ」
　ケラケラと笑う洸輝をにらむ京ちゃん。
　あたしもつられてわずかに微笑む。
　そんなあたしを見て洸輝が言った。
「花凛が笑ってんの、久しぶりに見たし。やっぱ花凛は笑ってるほうが可愛いな」
　ニッといたずらっぽく笑う洸輝。可愛いとかサラッと言うんだから。
　あたしは恥ずかしくなってうつむいた。
　あの誕生日の翌日、学校に着くとどんな顔をして会えばいいのか夜中まで悩んだあたしとは対照的に、洸輝は何事もなかったかのように普通に接してきた。
　それは今日まで変わらない。
　このままこうやって普通の日々が続いていけば、洸輝への想いも忘れられるのかなって思っていた。

だけど、洸輝はいつだって言葉と態度であたしへの想いを表わしてくれる。
　突きはなそうと思っても、洸輝はついてくる。
　距離を置いてもその距離を詰めてくる。
　あたしはどうすればいいんだろう……。
　そんな悶々とする日々が続いたまま夏休みを迎えた。
　夏休みは京ちゃんと遊んだり、母の休みに温泉に行ったり、それなりに充実していた。
　なにかをしている間だけは洸輝のことを忘れていられたから、できるだけ予定を詰めこんだ。
　逆に、ひとりでいるときやちょっとしたときに、洸輝はなにしているのかな……とか、元気かな……とか、そんなことばかり考えてしまった。

　そして、夏休み明けの始業式の日。
　あたしは衝撃的な事実を知らされることになる。
「えー、夏休み中、日向が交通事故に遭って入院しました」
　始業式の前、担任が深刻そうな表情を浮かべてそう言った。
　教室内がザワザワとうるさくなる。
　京ちゃんが振り向いてあたしを見る。
『知ってた？』
　口パクで言われて首を横に振る。
　知らなかった。
　洸輝が……事故に遭ったなんて……。
　信じられない気持ちで隣の洸輝の席に目をやる。

洸輝……。
　大丈夫なんだよね……？
「歩行中に巻きこまれたらしく、頭を強く打っていてな。一時は意識を失ったらしいんだが、今は回復して普段どおりの生活を送れている。俺が見舞いにいったときも、普通に会話ができたからもう大丈夫だ」
　意識を失った……？
　先生の言葉に、背中に氷の塊を押しあてられたかのように、全身に寒気がした。
　今は普通の生活ができているけれど、一歩まちがえれば大変なことになっていたということ。
　口の中がカラカラに乾いて、手が小刻みに震える。
　あたしがなにも知らずに夏休みを満喫しているとき、洸輝は死の淵をさまよっていたのかもしれないと思うとゾッとした。
「先生〜!!　洸輝くん、いつ学校くるんですか〜？」
　クラスメイトが質問する。
「明日ぐらいには退院して自宅で少し静養して、来週から登校するって話だ。みんなも事故には十分気をつけるようにな」
　先生がそう言い残して教室から出ていくと、教室中がうるさくなる。
　あたしは自分の席に座ったまま、隣の席をじっと見つめていた。
　洸輝……本当に大丈夫なのかな。

ケガの具合はどうなんだろう。
　先生の話だけじゃ安心できない。
　胸の中がざわついて、いてもたってもいられない。
「洸輝くん、大丈夫かな〜？　今日お見舞い行く〜？」
　すると、クラスの中でも派手なグループの女子が甲高い声をあげた。
「それいいかも〜!!　洸輝くんの病院着とかレアじゃない？写真撮ってくる？」
「介抱してあげたら、うちらの株あがるかなっ!?」
　キャッキャとうれしそうにしゃべっている3人組。
　……なにそれ。どうして入院している人のお見舞いにいって好奇心だけで病院着の写真なんて撮ろうと思うの？
　介抱してあげたら株があがる……？
　洸輝を心配して、お見舞いにいこうとしているんじゃないの……？
「てか、明日退院で1週間も休むんだね〜。ケガとか治ってるだろうしうらやましくない〜？」
「ねー。あたしもちょっとケガするくらいなら事故って入院したいな〜」
「わかる〜!!」
「もしかしたら、洸輝くんも治ってんのに休んじゃおうかなって思ってんのかもよ〜？」
「かもね。平日休みだったら、いろんなとこ空いてるね〜。うらやましい〜！」
　事故って入院したい……？

どうしてそんなことが言えるの……？
「……わかんないよ。ぜんぜん、わかんない」
　心の声が思わず口からこぼれた。
「えっ？　なんなの」
　さっきまで笑顔を浮かべていた子があたしをにらむ。
　あたしは彼女たちに視線を向けた。
　自分でも、どうしてこんなに熱くなっているのかわからない。
　だけど、自分自身を止められなかった。
「どうしてそんなにひどいことが言えるのか、わからないよ」
「ハァ？」
「だって、一歩まちがえればもっと大変なことになってたのかもしれないよ？　ケガの具合だってまだわからないのに、そんなこと言ったら──」
「アンタ、何様よ」
「え……？」
「先生だって言ってたじゃない。もう大丈夫だって。お見舞いにいってなにが悪いっていうのよ」
「ちがうよ。お見舞いにいくのが悪いって言ってるんじゃないよ。でも、事故にあって洸輝だってショック受けてるはずだよ？　それなのに、病院着の写真撮ろうとか介抱してあげたら株があがるとか……そんな理由でお見舞いにいこうとしたら洸輝が──」
「ハァ？　アンタ、なんなの？　洸輝くんと付き合ってる

わけでもないくせにうるせぇんだよ!!」
　机を蹴飛ばされて、机の上のペンが床に散らばる。
「……っ」
　ぐっと奥歯を嚙みしめて、床に転がるペンを拾いあげる。
　そのとき、ふいに洸輝との出来事を思い出した。
　連絡先のメモを床に落としたとき、洸輝が黙って拾いあげてあたしをかばってくれたこと。
　今思えば、あたしはいつだって洸輝に助けられてきた。
　何度も優しい手をあたしに差しのべてくれた。
　困ったときは助けてくれたし、悲しいときは隣にいてくれた。
　うれしいときは一緒に笑って、苦しいときは励ましてくれた。
『いろんなこと我慢せずに、たまには言いたいこと言ってみろって』
　洸輝の言葉が背中を押す。
　あたしはすべてのペンを拾いあげて、顔をあげた。
「あたしになんにをしてもいいよ。だけど、事故でケガをした洸輝をうらやましいとか言わないであげて」
　いつも、どちらかといえば誰かの意見にうなずくことが多かったし、言いたいことは我慢してきた。
　そうすれば、すべてがうまくいくような気がしていたから。
　笑ってごまかして、そうやって生きていくのが正しいって思っていた。
　お父さんが病気になってからずっと……。

ずっとずっと、言いたいことを自分の中に溜めこんでいた。
　だけど……。
　だけど、洸輝が言ってくれたから。
　あたしが我慢しているって気づいてくれたから。
　だから——。
「ハァ!?　マジでウザいんだけど!!」
　そう言って女の子が手を振りあげたとき、
「はい、ストップ。暴力はやめとこーぜー」
　林くんが間に割って入って、彼女の手を押さえつけた。
「ちょっと、林!!　離してって!!」
「嫌だね。奥山のことぶっ叩いたら洸輝にブチキレられんぞ〜？」
「洸輝くんがキレるわけないでしょ!?」
「あー、まぁそうかもな。お前らの前では洸輝も自分のことさらけださないしな」
「意味わかんないんだけど!!　アンタには関係ないでしょ!?　ほっといてよね!!」
「ほっとけないっしょ。俺も奥山と同じ考えだしさぁ」
　そう言うと、ニコニコ笑っていた林くんの顔が般若のようにおそろしい顔になった。
「つーか、お前らいい加減にしろよ？　洸輝のことでこれ以上ふざけたこと言うと、ぶっ飛ばすから」
　ドスのきいた低い声。
　林くんににらまれた女の子たちは、
「もういこっ。マジうざいし。お見舞いにいかなきゃいい

んでしょ!?　もう行かないわよ!!」
　と、捨て台詞(ぜりふ)を吐いて去っていった。
　その場に残された林くんとあたし。
　林くんはあたしにニッと微笑みかけた。
「奥山、ありがとな」
「えっ……?　あっ、ううん。逆にありがとう。なんか自分を止められなくて。林くんが来てくれなかったら大変なことになってたかも」
「いや、俺が来なくても大丈夫だったとは思うけど」
「どうして?」
「ほら、あれあれ!」
　そう言ってあたしのうしろを指さす林くん。
　振り返ると、そこには鬼のような形相を浮かべた京ちゃんがいた。
「きょ、京ちゃん?」
　京ちゃんはあたしたちのもとへゆっくりと歩を進めた。
　林くんの肩を右手でポンポンッ叩く京ちゃん。
「林、アンタでかしたわ〜!!　アンタがあそこで割って入ってくんなかったら、あたしがあの子たちのことひっぱたいて大騒ぎになってたし」
「だろ〜?　俺、結構前から吉野がブチ切れたのに気づいてたんだって。すんげぇ怖い顔してたから」
「そりゃそうでしょ。花凛にも日向にもすごい最低なこと言ってたし。だけど、花凛が言い返したから黙ってみてたけどさ」

「京ちゃん……」
「あたし、花凛がああやって自分の気持ちをハッキリ口にしたのを見たの、初めてかも」
「うん……。あたしも自分自身にビックリした」
「そっか。それって、やっぱり日向と出会ったから？」
「え……？」
「自分では気づいてないかもしれないけど、花凛は日向と出会ってから変わったよ」
　京ちゃんの言葉に林くんがうなずく。
「洸輝も奥山に出会ってから変わったし」
「そうなの〜？　日向のどこが変わった？」
「本当の笑顔になった」
「本当の笑顔ってなによ」
「作り笑いじゃなくなったってこと」
　林くんの言葉の意味がわからずに、あたしと京ちゃんは目を見合わせて首をかしげた。
「洸輝もいろいろあるんだって」
「そうは見えないけどね」
「そう見えないようにしてんだよ、アイツはさ」
　林くんはそう言ってなぜか少しだけさみしそうに笑った。
　放課後になり、まわりが帰り支度を始める。
「花凛、今日行くの？」
　すると、あたしの席までやってきた京ちゃんがそう尋ねた。
「え？」
「日向のお見舞い」

今日1日中、ずっと考えていた。洸輝のことを……。
　ケガの具合もわからないし、今どういう状況なのかもわからない。
　連絡を取ろうと何度もスマホを取り出して、メッセージを送ろうとした。

【大丈夫？】
【なにか必要なものある？】
【ケガの具合はどう？】

　聞きたいことがありすぎるのに、なんて送ったらいいのかわからずに、文字を打っては消しての繰り返し。
　結局、なんの連絡もできなかった。
　それに、距離を置こうとした自分が、今さら洸輝の心配をしたりお見舞いにいったりしたら、洸輝を混乱させてしまうにちがいない。
　あたしはいったいどうしたいんだろう。
　洸輝への想いは、時間とともに解決してくれると思ってた。
　少しずつでも、時間の経過とともに洸輝を『好き』という気持ちが薄れていくものだと思っていた。
　だけど、逆だった。
　どうやっても洸輝のことが頭から離れない。
　いつだって、なにをしていても結局、最後には洸輝のことを思い出してしまう。
　『好き』という気持ちに鍵をかけたはずなのに、その鍵

をも壊すくらい『好き』の気持ちが大きくなる。
　自分じゃどうしようもないくらい、あたしは洸輝が好きになってしまったんだ。
「京ちゃん……あたし……」
　すがるように京ちゃんを見つめる。
　京ちゃんはすべてを悟ったように優しく微笑んで、あたしの頭をなでた。
「いいんだよ、花凛。自分の気持ちに正直になりな。花凛のお父さんだってわかってくれるよ」
「いいのかな……、本当に」
「それでいいんだよ。好きなのに、自分の気持ちを我慢することないよ。お見舞い、行ってきな？　先生なら日向の入院先知ってるよ」
「京ちゃん……ありがとう」
　京ちゃんに背中を押されて歩きだす。
　職員室に入ると、担任はあたしに気づいて顔をあげた。
「あの……日向くんの入院している病院を知りたいんですけど」
「あぁ、日向の病院か。隣町の大学病院だ」
「あぁ、あそこか……。ありがとうございました」
　隣町の大学病院はひとつしかない。
　先生にぺこりと頭を下げて背中を向けようとしたとき、
「あっ！」
　と先生が声をあげた。
「もしかしてお見舞いにいくのか？」

「はい」
「おー、だったら悪いんだけどこれ届けてくれるか?」
　先生は机の上の書類をかき集めて、封筒の中に入れた。
「あっ、ちょっと待ってくれ。日向に宛てた手紙も入れておくから」
「わかりました」
　先生が手紙を書いている間に、頭の中で病院までのルート検索をする。
　学校から駅に向かって電車に乗っていくか、少し歩いて病院直通のバスに乗るか……。
　どっちがはやいかな。
　その途中でコンビニに寄って、飲み物でも買っていこうか。
　そんなことを考えていると、手紙を書き終えた先生が封筒をあたしに差し出した。
「頼むな」
「はい」
「本当は俺も今日行く予定だったんだけど、急な会議が入ってな。日向によろしくな」
「わかりました」
　先生から受け取った封筒を胸に抱きしめて、職員室をあとにする。
　学校を出ると、予定どおりコンビニに寄ったあと、そのまま病院直通のバスに乗り病院へ向かった。
　バスの中からガラス越しに外を見つめる。
　洸輝のいる病院までの距離が少しずつ短くなる。

先生から預かった封筒と飲み物を置いたら、今日はすぐに帰ろう。
　事故に遭ったという状況も詳しいことはわからない。
　洸輝の顔を見るだけでいい。
　見れば少しは安心できる。
　バスを降りて病院のエントランスへ入る。
　エレベーターに乗り、先生に聞いた５階へあがる。
　なんか……緊張する。
　夏休み中会っていなかったから、約１ヶ月ぶりだ。
　あと少しで洸輝に会えると思うだけで、なぜかソワソワしてしまう。
　エレベーターの扉が開くのも待ちきれない。
　エレベーターを降りると、自然と足が速くなる。
　たしか、東側の角部屋だと先生が教えてくれた。
「あっ、あそこかな」
　一番奥の部屋が視界に飛びこんでくる。
　はやる気持ちを抑えながら歩いていると、奥の部屋の扉が開いた。
　笑顔で部屋の中にいる人に頭を下げて、扉を閉める女の子。
「あっ」
　あたしに気づいた女の子はこちらへ歩みよった。
「こんにちは〜」
「……こんにちは」
　その子は、洸輝と廊下で楽しそうに話していた年下の女の子だった。

「洸輝先輩のお見舞いですか？」
「あっ、うん」
「へぇ」
　そう言うと彼女はあたしの手もとの袋に気がついた。
「飲み物ですか？　べつにそんなの買ってこなくても病室にたくさんあると思いますよ？」
　彼女は嫌そうな表情を浮かべる。
　洸輝の前ではいつだって可愛い顔しか見せない彼女の、裏の顔を見た気がした。
「でも、先生に渡してって頼まれたプリントもあるから」
「ふぅん。今、病室の中に洸輝先輩のお父さんもいますよ〜」
「え？」
　なんの気なしに言った彼女のひと言に、一瞬にして汗が噴きでるような感覚に襲われる。
「洸輝先輩のお父さんだけあってすごいイケメンですよ〜？　見たことあります？　あたし、こないだも会って。彼女かもって思われちゃいましたかね〜？　きゃははは」
「洸輝のお父さんが……」
　彼女が話していることがまったく頭に入らない。
　ただ、『洸輝のお父さん』という言葉を聞いた瞬間、胸の中がざわざわと不快な音を立てた。
　指先から力が抜けていく。コンビニの袋をその場に落としてしまった。
「ちょっ、大丈夫ですか〜？」
「う、うん。大丈夫」

青い顔をして、床に散らばったペットボトルを拾いあつめるあたしを、上からあきれたように眺める彼女。
　年下に見下されていることもまったく気にならない。
　あと数メートル先の扉の向こう側に、洸輝のお父さんがいるということしか考えられなくなっていた。
　父を裏切り、父から仕事を取りあげた張本人がすぐそこにいる。
　父の葬式以来、一度も会っていない。
　父を裏切った……親友が……すぐそこに……。
「ハァハァ……」
　息が荒くなる。
　頭の中がグラグラと揺れるような感覚。
　気分が悪くなり、座りこみたくなるのを必死でこらえる。
「大丈夫ですか〜？　もう帰ったほうがよくないです？　洸輝先輩だってたくさんの人がお見舞いにきたら疲れちゃうと思うし」
　彼女はそう言うと、あたしの手にあるビニール袋と封筒を無理矢理引っぱり、にっこり笑った。
「あたしが洸輝先輩に渡してきますね。なんか顔色悪いし、もう帰ったほうがいいですよ？」
「でも……」
「ていうか、洸輝先輩のまわりウロチョロすんのやめてもらえません？　前から思ってたんですけどー、正直目障りなんですよね。じゃっ、先輩、ごくろうさまでした〜！　あとはあたしに任せてくださいね」

彼女は吐き捨てるように言うと、くるっとあたしに背中を向けて再び病室の扉を開けて中に入っていった。
　そのとき、扉が閉まる直前のほんの一瞬、スーツ姿の男性のうしろ姿が見えた。
　あれが洸輝のお父さんかもしれない。
「ハァ……ハァ……」
　呼吸が乱れて肺の奥が苦しくなる。
　ここにいたらダメだ。
　気持ちを落ち着かせるために深呼吸する。
　それでも高ぶった感情は、すぐにはしずまらない。
　このまま病室に入って、洸輝のお父さんと顔を合わせてしまえば、どうなってしまうかわからない。
　あたしは回れ右して、病室に背中を向けて歩きだした。
　よたよたとした足取りで、ナースステーションの前を通り過ぎ、エレベーターボタンを押す。
　来たときとは真逆の重たい足取り。
　洸輝と洸輝のお父さんのことは、切り離して考えようとしていたのに、そんなに簡単にいくはずがなかった。
　エレベーターに乗ると、ようやく少しだけ気持ちが落ち着いた。
　すると、病院を出てすぐにスマホがブーブーッと震えた。

【洸輝：花凛、今どこにいる？】

　洸輝からの久しぶりのメッセージ。

正直、なんて返信しようか迷った。
　きっとあの子は、あたしが来たということを洸輝に知らせたりはしないだろう。
　直感的にそう感じた。

【まだ学校だよ】

　とっさについた嘘。

【洸輝：本当は病院の近くにいるんだろ？　なんで帰っちゃったんだよ】

　洸輝の返信に驚く。
　どうしてあたしが病院へ行ったことを知ってるの？

【どうしてそう思うの？】
【洸輝：担任からの手紙で、見舞いにいくって言っていた奥山にこの封筒を渡すように頼んだ……って書いてあったから】

「あっ……そっか……」
　先生が手紙を書いていいたのは知っていたけれど、なにを書いているかまでは見ていなかった。
　嘘をついた理由をなんてごまかそうか考えていると、再びメッセージが届いた。

【洸輝：あいたい】

　ひらがな４文字のメッセージのあと、

【洸輝：会いたい】

　今度は漢字に変換されたメッセージが届いた。
　あわてているのかもしれないと思うと、心の中が温かくなる。
　あたしも、会いたいよ。洸輝に会いたい。

【ごめんね。ちょっと急用ができて帰ったの。体は大丈夫？】
【洸輝：大丈夫。明日退院できるみたいだから。きてくれてありかとな】
【どういたしまして】

「ありかとって……」
　くすっと笑いスマホをポケットにしまう。
　洸輝のメッセージに心が安らぐ。
　さっきは洸輝のお父さんがいると知っただけで動揺してしまったけれど、洸輝を好きでいる以上、少しずつ慣れていかないといけないのかもしれない。
　父と洸輝のお父さんとの出来事は、あたしが口にしない限り洸輝が知ることはない。
　でも、いつかは話さなければいけない日が来る。

京ちゃんも言っていた。
『全部話す』と。
あたしはいつも、洸輝と自分の間に目には見えない壁を作っていた。
でも、それをいつかは取っぱらわなければいけないのかもしれない。
ゆっくりと空を見あげる。
父が亡くなったあの日から、この空のどこかから父があたしを見てくれていると信じている。
「お父さん……、ごめんね。あたしの気持ち……わかってくれる？」
答えがないとわかっていながらもそう尋ねて、あたしはしばらくその場で空を眺めていた。

第3章

## 絡まる糸

 洸輝の病院へお見舞いに行った日から、1週間が経った週明けの月曜日。
「——おっ、洸輝じゃん!!」
 教室の中に林くんの大声が響いた。
 その声にパッと顔をあげると、そこには笑顔の洸輝がいた。
「洸輝くん、大丈夫?」
「久しぶりだねー」
「体大丈夫なのか?」
 男女問わず、たくさんのクラスメイトに囲まれた洸輝の姿が見えなくなる。
 あたしも、他のみんなと同じように駆けよって声をかけたいけれど、それができなかった。
 席に着いたまま、カーッと熱くなり今にもこぼれ落ちそうになる涙を必死にこらえていたから。
 洸輝が退院したという話も、大きなケガもなく順調に回復していることも担任に聞いて知っていた。
 だけど、今、自分の目で元気そうな洸輝を見た瞬間、涙腺(ほうかい)が崩壊しそうになった。
 少しだけ痩せたように見える。髪の毛も夏休み前より伸びた。
 洸輝が無事でよかった。本当によかった……。
 心の底からそう思った。

「よお」
　しばらくすると、洸輝が席にやってきた。
　隣の席に座ると、洸輝はいつもと同じようにそう言った。
　あたしは鼻をすすると、ゆっくりと洸輝に顔を向けた。
「おはよう」
　とたんに、洸輝が驚いたように目を丸くした。
「あれ？　珍しいな」
「なにが？」
「目、合わせてくれたから」
　たしかにあたしはずっと洸輝を避けてきた。
　洸輝をこれ以上好きにならないようにって、自分の気持ちに鍵をかけていた。
　でも、もうそれもやめるよ。
　ちゃんと自分の気持ちに正直に生きてみる。
　そう教えてくれたのは、洸輝だから。
「今までごめんね。あたし……いろいろひどいことしたから」
「べつにひどいことなんてされてないから」
「ううん、したの」
「された覚えないけどな」
　そう言って首をかしげながらも、どこかうれしそうな洸輝。
「じゃあさ」
　すると、なにかを思いついたかのように、ニッと太陽みたいなまぶしい笑みをあたしに向けた。
「今日一緒に帰ろう。俺、花凛にいろいろひどいことされ

たみたいだからその慰謝料(いしゃりょう)っていうことで」
　その提案に今度はあたしが目を丸くする。
「そんなことでいいの？　もっとべつになにか……」
「それがいいんだって。ダメ？」
「ううん、いいよ」
「マジか。すげぇうれしいんだけど」
　そう言って笑う洸輝につられて、あたしまで笑顔になってしまった。
　今まではこうやって話したくても、いろいろなことを考えてしまって話せなかった。
　でも、これからはちゃんと目を見て話をしよう。
　今までの空白を埋められるように。
　でもこの日、久しぶりに登校した洸輝のまわりには常に誰かがいて、なかなか話しかけられなかった。
　廊下に出れば洸輝ファンの女の子があとを追いかけていくし、教室に入れば、クラスの派手な女子が洸輝のまわりをずっとキープしていた。
　洸輝と他の女の子が一緒にいるだけで胸が痛い。
　これをきっとヤキモチっていうんだろう。
　今まで17年間生きてきて、こんな風に誰かを好きになったのは初めてだ。
　まわりの友達と好きな人の話や恋バナをしていても、どこか自分とはちがう世界の話のような気がしていた。
『好きになるとその人しか見えなくなる。人がたくさんいるところでもすぐにその人を見つけられるんだよ』

って、誰かが言っていたけれど本当だ。
　たくさんの生徒がいる廊下で、あたしはすぐに洸輝を見つけられる自信がある。
　洸輝がいる場所だけが輝いているようなそんな感じ。
　洸輝にしか目がいかない。
　あたしはずっと前から、自分でも気づかぬうちに洸輝に惹かれていたのかもしれない。
　高1の遠足のとき、うちの家庭環境をからかう子たちに放ったあのひと言。
『お前ら、親のありがたみわかんねぇのかよ。いるのがあたりまえじゃねーぞ』
　かかわりもなかった雲の上のような存在の洸輝の言葉は、今もあたしの記憶に強く刻みこまれている。
『おいおいおい、洸輝、お前そういうキャラだっけ？』
『そういうキャラ。俺、マザコンだから』
　洸輝はそう言って話題を変えてくれた。
　あたしはあのときからずっと、洸輝に助けてもらっていた。
「花凛、帰ろうぜ」
　放課後になり、洸輝が声をかけてきた。
「ごめん、ちょっと待ってね」
　あわてて机の上のペンや消しゴムをペンケースにしまう。
　その中のペンがポロリと床に落ちた。
「そんなあわてなくてもいいって」
　ふっと笑いながら、落ちたペンを拾おうと腰を屈めて手を伸ばした洸輝。

でも、ペンとはちがう部分に手をついた。
「どうしたの？」
「あっ、いや。なんでもない」
　ポンポンッと手のひらで床を叩いて、洸輝はペンを拾いあげた。
「ありがとう」
　差し出されたペンを受け取って、すべての荷物をバッグに詰めて立ちあがると、京ちゃんと目が合った。
「花凛、また明日ね～!!」
「うん。またね」
　ヒラヒラとうれしそうに手を振る京ちゃんに見送られて、洸輝とともに教室を出る。
　廊下には、たくさんの女子生徒が洸輝を待ち構えるように立っていた。
　その中には、病院で会った年下の女の子もいた。
「洸輝先輩～!!　一緒に帰りませんかっ？」
　この間の私への態度とは打って変わって、猫なで声を出して洸輝の腕をつかむ彼女。
　すると、洸輝は彼女の手を自分の腕から離した。
「一緒に帰れない」
「どうしてですか～？」
「嘘、ついたよな？」
「へっ？」
「しかも、最悪最低な嘘」
「あたし、べつに嘘なんてついてませんよっ？」

「ついただろ。花凛が持ってきた飲み物自分が買ってきたように言っただろ？」

洸輝の言葉に驚く。

「な、なんでですか？ あたしが買ってきてない証拠ってありませんよね？」

女の子は顔をひきつらせて反論する。

「俺が好きな飲み物なんだか知ってる？」

「えっ……？ 先輩が好きな飲み物……コーヒーじゃないんですか？ いつも飲んでますよね？」

「ちがう。俺、花凛にしか話してないから」

あたしはあの日、コンビニで買ったジュースのことを思い出した。

以前、『俺、オレンジジュースが一番好き』と話していた洸輝の言葉を思い出して、オレンジジュースを買っていった。

「前に好きな子いるっていったの覚えてるか？ 悪いけど、なにされても、なに言われても気持ち絶対変わんないから」

洸輝はそう言うと、「花凛、行こう」といって歩きだした。

ポカーンッと口をだらしなく開けている女の子。

そのまわりで、野次馬の女子がキャーキャーと大騒ぎしている。

「花凛」

名前を呼ばれて、ハッとして洸輝のあとを追いかけて歩く。

まわりの視線が痛すぎる。

昇降口まで来ると、ようやく野次馬が去り静かになった。

「ごめんな。いろいろ」
「え？」
「俺のせいで花凛のこと傷つけたよな」
「そんなことないよ……!!　傷つけたのはあたし──」
「この前、ヒロヤに聞いたんだ。花凛が俺のことかばってくれたって。そのときにクラスの女子にいろいろ言われたって」
「それは……」
　洸輝のお見舞いにいくと言っていた３人と、もめたときの話だろう。
「でも、なんかすげぇうれしくてさ。花凛、ありがとな」
　ふっと笑いながら頭をポンポンッと優しく叩いた洸輝。
　心臓がキュンっと音を立てる。
「とりあえず、学校出てどっか行くか？」
「うん」
　大きくうなずくと、あたしは洸輝とともに学校をあとにした。
　一歩外に出ると、あたりはどんよりと曇っていた。
　今にも雨が降りだしそう。
　灰色の厚い雲が空を覆っている。
「あの日もこんな天気だった」
　洸輝はそう言うと、事故の話を始めた。
　信号待ちをしていて、歩行者用の信号が青になり横断歩道を渡っていたとき、左折してきた車に巻きこまれてしまったらしい。

スピードは出ていなかったものの、車にひかれて数メートル飛ばされていた。
　目が覚めたときには病院のベッドの上で、酸素マスクをされていたと洸輝は話してくれた。
「よく覚えてないんだけど、翌日自分の体見たら全身アザだらけで痛くてさ。骨折したりしてなかったのが奇跡だって言われた」
「大きなケガしなくてよかったね。だけど、一時は意識を失ってたって先生が言ってたよ？　頭とか打ってたんじゃないの？」
「あー……、たぶん大丈夫だろ。それに、ほら。今もピンピンして学校きてるし」
「うん。よかったね」
　こうやってまた一緒にいられることを幸せに感じる。
「でも、人ってわかんないよな。こんなことになるなんて思ってもいなかったし。生きててよかったって今すげぇ実感する」
「そうだよね」
　命は永遠に続かない。
　人間が生きる時間には限りがある。
　だけど、それを意識的に考えて生活している人は少ない。
　ずっと今のように普通の生活が続いていくと信じている。
　その『普通の生活』がどれだけ幸せなのかということを、あたしは父を失ってから初めて知った。
「親父にも言われたんだ。まだ、死ぬなって」

「お父さんに……？」
「あぁ。死んだら終わりだってそう言われた」
　洸輝の言葉に思わずその場に立ち止まる。
「死んだら……終わり？」
　当たり前のことだと頭の中ではわかっていた。
　死んでしまったらその人の人生はそこで幕を閉じる。
　終わってしまうのは仕方がないこと。
　誰だっていつかは終わりを迎える。
　だけど、志なかばで亡くなってしまった父は……？
　父の気持ちは……？
　最後の最後で親友に裏切られて死んでいった、父の気持ちは……？
『死んだら終わり』
　そんな言葉で簡単に片づけられてしまうの？
　洸輝のお父さんにとって、やっぱり父の死はそんな簡単なものなの？
　そうなの……？
　もしそうなら、ひどい。ひどすぎる。
　唇が震えて顔が強張る。
「花凛……？　どうしたんだよ」
　洸輝が不思議そうにあたしの顔をのぞきこんだ瞬間、ポツリと鼻先になにかが落ちた。
　顔を持ちあげると、空から降りだした小さな雨粒が顔を濡らす。
「死んだら終わりって……本当に洸輝のお父さんが言って

たの……?」
「言ってたけど、なんで?」
「洸輝のお父さんはさ……」
　声が震える。
　自分でも信じられないぐらい、感情が高ぶっていた。
　洸輝が不思議そうにあたしを見つめる。
「うちのお父さんが亡くなったときにも、そう思ったのかな……?　死んだら終わりって……簡単に割りきれたのかな……?」
　今そんなことを口にすべきではない。
　感情的になって、洸輝に父と洸輝のお父さんの話をすべきじゃないっていうことも、頭では理解していた。
　でも、自分自身を止められなかった。
　コップに溜まった水があふれたかのように、せきとめていた感情が一気にあふれだす。
「花凛のお父さん?　つーか、うちの親父のこと知ってるのか?　そういえば、前も──」
　洸輝がそう言いかけたとき、あたしたちの背後で黒い高級車が止まった。
　雨がいちだんと激しさを増していく。
　そのとき、背後でプッという車のクラクションの音がした。
「──洸輝」
　運転席から降りてきた男性は、あたしたちのもとへ歩みよってきた。
「親父……」

「こんな雨の中、なにをしてるんだ。早く車に乗るんだ。お友達も一緒に乗って。家まで送っていくから」
　男性の目もとが心なしか洸輝に似ている。
　昔、父に見せてもらった写真の中の男性だ。
　ふたりで肩を組んで笑う父とその親友。
　黒髪だった写真の中の洸輝のお父さんは、今は白髪になり少しだけ痩せたような印象を受けた。
「どうかしたのかい？」
　じっと見つめるあたしに気づいたのか、洸輝のお父さんが不思議そうに尋ねる。
「あたし、奥山です」
「え？」
「奥山花凛です。父は修一です。奥山修一」
　そう言ったとたん、男性は目を見開いた。
　洸輝は困惑したように、あたしと洸輝のお父さんの顔を見くらべている。
「修一の……？」
　困ったような驚いたような、なんとも言えない表情を浮かべる洸輝のお父さん。
「そうか。そうだったんだね……。花凛ちゃんには昔、会ったことがある。もうこんなに大きくなったんだね。お母さんに似て美人になったね。若い頃の修一の目にもよく似てるな」
　懐かしむような目を向ける洸輝のお父さん。
　あたしはギュッと拳を握りしめた。

あたしは洸輝のお父さんと思い出話がしたいんじゃない。
　洸輝のお父さんの本心が聞きたいんだ。
「どうしてですか……？」
「え？」
「どうしてお父さんを見捨てたんですか？」
　そう口にすると、涙があふれた。
「５年前からずっと考えてたんです。どうして父の親友であるあなたが父を見捨てたのかを……」
「花凛ちゃん……」
「父は亡くなる直前まで、あなたに何度も電話をかけていました。頼むから仕事をさせてくれって。何度も何度も……」
「あぁ、そうだったね」
　洸輝のお父さんは目線を下げる。
「仕事は父の生きがいだったんです。あたしは……仕事に打ちこんでいる父の姿が大好きでした。だから最後まで仕事をさせてあげてほしかった。それなのに……」
「あのときのことは……本当に申し訳ないと思っているんだよ」
「申し訳ない……？　そんなこと思っても父はもう戻ってきてくれません」
「そうだね。花凛ちゃんの言うとおりだよ」
　洸輝のお父さんが申し訳なさそうに言う。
「……おい、なんの話だよ。親父、花凛のお父さんになにしたんだよ!?」
　洸輝がお父さんに詰めよる。

あたしは今、最低なことをしている。
　自分の感情に任せて、洸輝のお父さんを罵っている。
　それによって洸輝が傷ついてしまうとわかっているのに、もう自分自身を止められない。
「洸輝に聞きました……。ずっと仕事に打ちこんでるって。もっと大きな会社にしたいって言って、がんばってるって」
「あぁ、その通りだ」
　あたしの目を見て、ハッキリした口調で言う洸輝のお父さん。
　……5年間ずっと考えていた。
　本当に父を裏切ったのか、それともなにかべつの理由があったのか。それを知る術がなかったから。
　だけど、今なら聞ける。
「……開き直るんですか？　父を切り捨てて会社を自分だけのものにして……その会社をさらに大きくしようとしてるって認めるんですか？」
「それは……」
　口ごもる洸輝のお父さん。
　否定してほしいと心の中で願った。
『ちがうんだ』
『それは誤解だ』
　そう言って弁解してほしかった。
　でも、洸輝のお父さんは黙ったままなにも言わない。
　それがすべての答えのような気がした。
「あたしは……お父さんが亡くなってから、ずっと悔んで

いました。もっとこうしてあげればよかったとか、もっとこうすればよかったとか……後悔ばっかりが毎日増え続けるんです。止まらないんです」

涙があふれる。

「あの頃の無力な自分が嫌で仕方がないんです。あたしはあの日から時計の針が止まったまま……胸にぽっかりと空いた穴がふさがらないんです」

「すまない……。花凛ちゃんの気持ちは痛いほどわかるよ。お父さんが仕事を失って亡くなっていったことを……花凛ちゃんは５年間もずっと苦しんでいたんだね。本当にすまなかったね。でもね、あのときはああするしかなかったんだよ。わかってくれないかい？」

「……わかりません。ぜんぜんわかりません!!」

頭の中がゴチャゴチャになる。

感情を自分自身で抑えることができない。

「とりあえず、車に乗ろう。風邪をひいてしまうよ。話は車の中で——」

「いいです。あたし、ひとりで帰れますから」

「……わかったよ。それなら傘を——」

「もういいですから」

そう言って洸輝のお父さんに背中を向けようとしたとき、

「——花凛、待てって!!」

洸輝があたしを呼び止めた。

手のひらを伸ばして、あたしの腕をつかもうとする洸輝。

でも、その手のひらが空を切る。

「あっ」
　洸輝が自分の手のひらを見つめて、苦笑いを浮かべる。
　そして、再びあたしの腕に手を伸ばす。
　でも、２度目も空振り。
「こんなときに……ふざけるんだ？」
　あたしは洸輝に冷たい視線を投げた。
「いや、ふざけてるとかじゃなくて――」
「もういいよ……。洸輝なんて大っきらい!!」
　そう言って背中を向けて駆けだす。
「おい、花凛!!　待てよ!!」
　目の前がゆがむ。
　もう涙か雨かわからない。
　全身びしょ濡れになりながら全速力で走る。
　あたりに雨音が響く。
　ほんの少しだけ。
　ほんの少しだけ心の中で期待してしまった。
　洸輝があたしを追いかけてきてくれるかもしれないと。
　だけど、そんな期待をしてもむなしいだけ。
　父親を目の前で罵られて嫌な気持ちになっただろう。
　こんなあたしのことをきらいになったとしても、おかしくない。
　最後にあたしを引き止めなかったのが、洸輝の気持ちだろう。
　最悪最低だ。
　……タイミングが悪すぎる。

心の中でポツリとつぶやく。
　今日、あたしは洸輝に自分の気持ちを伝えようとしていた。
　好きだよって。
　でも、もう遅い。
　どうしていつもこうなんだろう。
　どうして──。
　涙があふれて止まらない。
　横をすれちがった車のタイヤから、飛び散った水たまりの水が足もとにはねる。
　あたしはその場に立ち止まって空を見あげる。
「お父さんも……泣いてるの？」
　あたしが今泣いているように、お父さんも泣いてるの？
　泣かないでよ。泣かないで……。
　お父さんをもう苦しませたくない。
「うぅ……うっ……」
　涙があふれて止まらない。
　泣いて泣いて、これ以上涙が出ないほど泣いて。
　嗚咽交じりに泣き続けて声も枯れて。
　それでも悲しみが止まらない。
　洸輝とあたしは、どうやったってうまくいかないようになっているのかな。
　神様はズルい。
　いつだってあたしに意地悪ばかりする。
　どうしてなの……？　どうして……。

なんとか家にたどりつき、濡れた制服を脱ぎ捨てて部屋着に着替える。
　体が鉛のように重たい。
　心なしか体がダルく、寒気がする。
　あたしはベッドの中にもぐりこみ、父からもらったテディベアをギュッと抱きしめた。
　あたしはこの日、幼い頃の夢を見た。
　見覚えのある場所。
　小学校に入学したばかりの頃、よく父に連れていってもらった公園だ。
『花凛、いいか？　困っている人がいたら助けてあげるんだぞ。人間はな、ひとりじゃ生きていけないんだ。いろんな人に支えられて生きているんだよ』
　ベンチにそろって座り、母が作ってくれたおにぎりを食べながら父が言った。
『お父さんも誰かに支えられてるの？』
『そうだよ。父さんもたくさんの人に支えられて生きてきた。だから、今度は困っている誰かを支えたいって思うんだ』
『そうなの？』
『花凛も大人になったら誰かを支えてあげるんだよ。そして、愛してあげるんだ』
『愛って？』
『たくさんの優しさをあげることだよ』
『うーん……よくわかんない』

『もう少し大きくなったらわかるよ。相手を愛した分、自分も愛してもらえるから』
　父はそう言うと、あたしの頭を優しくなでた。
　大きくて温かい手のひら。
『花凛、お父さんはね——』
『なぁに？』
　幼いあたしは首をかしげる。
　父がなにかを言おうとしている。
　なに？　なにを言おうとしてるの？
　必死に尋ねようとしても、父の姿がどんどん薄れていく。
　やだ。ダメだよ。お父さん、行っちゃダメ。
　まだ聞いていないことがある。
　話したいことがある。
　やめて。連れていかないで。
　お父さんをあたしとお母さんから奪わないで——!!

「——お父さん!!」
　自分の声にハッとして目を覚ます。
　眠っている間に涙を流していたようだ。
　枕がじんわりと濡れている。
「——花凛、起きた？　大丈夫？」
「えっ……？　あっ、うん」
　部屋に母が飛びこんできた。
　カーテンの隙間からは、太陽のまぶしい光が差しこんでいる。

あたしはあわててまぶたに浮かぶ涙をぬぐった。
「あれ……あたし……」
「昨日、お母さんが仕事から帰ってきたら、濡れた制服がリビングに置いてあったのよ。心配になって見にきたら花凛ったらすごい熱で」
「そうだったんだ……」
　あのまま帰ってきて、朝まで寝てしまっていたんだ。
　たしかに体がダルくて熱っぽい。
「さっき学校にもお休みするって電話しておいたから。今日はゆっくりしてなさいね」
「うん……。わかった」
「おかゆ作ったけど食べる？」
「ううん、あとにする」
「わかった。今日はお母さんも仕事お休みするから、なにかあったら言うのよ？」
「ありがとう」
　母が部屋から出ていったのを確認して、再び布団にくるまる。
　頭の中にまだ父の残像が残っている。
　もっと話したかった。
　夢でもいいからまた会いたい。
　もう一度眠れば、また父に会えるかもしれない。
　そして、父が言いかけた言葉を最後まで聞きたい。
　あたしは再び目を閉じた。
　でも結局、父の夢を見ることはできなかった。

２日間学校を休むと、体調が回復した。
　３日目の朝、あたしは重たい気持ちを抱えたまま学校へ向かう準備をした。
　洸輝からはなんの連絡もない。
　重たい足取りで教室の前に立ち扉を開けたとき、違和感を感じた。
「あれ……」
　教室の中の席の配置が変わっている。
「あっ、花凛。おはよ〜!!　風邪もう治った？」
「おはよう。もしかして席替えした？」
「そうそう。花凛が休んでる間にしたんだよ。花凛は窓際の前から３番目だよ」
「うん……」
　京ちゃんとしゃべりながら、教室を見回して洸輝の姿を探す。
　まだ来ていないのかその姿は見あたらない。
「席替えって急にやるって決まったの？」
「いや、なんかそれがさ……」
　すると、京ちゃんが言いよどんだ。
「なに？」
「よくわかんないけど、席替えしたいって言いだしたのって日向なんだよね」
「え？」
「まだ１回も席替えしたことないし、そろそろしたいって先生に提案したみたい」

「洸輝が……」
「急に意味わかんないよね〜」
　京ちゃんの言葉がうまく頭に入ってこない。
　洸輝はもうあたしと隣の席に座るのが嫌なんだ。
　そう悟ると、胸がチクンッと痛む。
　そのとき、廊下から歓声にも似た悲鳴が聞こえた。
　洸輝が登校して廊下を通る合図。
　少しずつ女子の歓声が近づく。
　洸輝は教室に入ると、あたしの前を通って自分の席に向かった。
「……っ」
　あいさつをすることはおろか、目も合わせようとしない洸輝。
　心臓をわしづかみにされて、握りつぶされているかのように胸が痛む。
　でも、洸輝が怒るのも無理はない。
　あたしは洸輝の目の前でお父さんを罵ったんだから——。
　バッグを机に置くと、洸輝はまっすぐあたしの前へやってきた。
「……話がある」
　洸輝はあたしと目を合わせることなく冷めた声でそう言った。


　連れてこられたのは屋上だった。
　まだ朝だというのに、ジリジリと肌を焦がす太陽。

その場に立ち止まった洸輝は振り返り、あたしと向かいあう。
　その表情は険しく、これからされる話が決していい話ではないと思い知らされる。
　重苦しい空気が漂う中、口を開いたのは洸輝だった。
「俺、もうやめることにしたんだよ」
「やめるって……？」
　その言葉の意味がわからずに聞き返す。
　洸輝はあたしの言葉にふっと意味深な笑みを漏らす。
「花凛のこと追いかけんの」
　その言葉がなにを意味するのか聞きたくない。
　次になにを言われるのか考えるだけで、耳を塞いでしまいたくなる。
　押し殺したような低い声。
　唇が震えて、目頭が熱くなる。
「俺、意地になってたんだ。だいたいの子は俺が少し優しくするとなびいてきたから。花凛もすぐに落ちるだろうって思ってたけど、予想外になかなか落ちなくてさ」
「……っ」
「ゲームみたいなものだったんだって。花凛とのこと。振り向かない花凛を振り向かせようとして、ムキになってた。でも、もうそれも終わりにする」
　洸輝は冷めた目をあたしに向けたまま、はっきりとした口調で言った。
「俺が今まで花凛に言ったことも、したことも全部なんの

意味もないことだから」
　頭の中で今までの洸輝との思い出がよみがえる。
「それと、花凛、俺に言ったよな？　大っきらいって」
「……ごめん」
「謝んなくていいから。俺も、お前のこと大っきらいだから。正直、もう顔も見たくない」
　泣いちゃダメ。
　そう思っていても涙が出る。
　あわてて手の甲で涙をぬぐうと、
「そういうことだから、もう俺にかかわんな」
　洸輝はそう言って、くるりとあたしに背中を向けて屋上から出ていった。
　その場に残されたあたしはただ、呆然とその場に座りこむ。
「……洸輝……」
　洸輝に大っきらいと言われても仕方がないことを、あたしはした。
　バカだな、あたし。
　こんなことになるなら、最初からすべて洸輝に話すべきだったのに。
　大切なものは失ってから気づくってわかっていたのに。
　洸輝に突きはなされてようやく、思い知る。
　こんなにも洸輝のことを好きだったと。
　洸輝じゃなきゃダメだと……。
　涙があふれて止まらない。
　隣の席になってから始まったあたしと洸輝の関係。

言葉を交わすだけでドキドキして、連絡先を聞かれたときは心が弾んだ。
　授業をサボって一緒に購買にパンを買いにいったり、屋上で一緒にパンを食べたりしたね。
　あの日から……おたがいのことを名前で呼びあうことになったんだ。
　あたし、初めてだったんだよ？
　男の子の名前を呼び捨てしたの。
　逆に、『花凛』って呼ばれたのも初めてだった。
　うれしかったな……。
　ふたりの距離が縮まったみたいで。
　洸輝の特別になれたような気になっていた。
「……うぅ……っ……」
　膝を抱えてその間に顔を埋めて涙を流す。
　父の命日。お墓参りの帰りに偶然会った洸輝と一緒にファミレスに行ったね。
　ひとりで心細かったあたしの前に洸輝が現れたとき、ほっとしたんだ。
　洸輝はいつだってあたしがさみしいときや悲しいときに一緒にいてくれたよね。
　あたし、何回洸輝に救われたのかわからないよ。
　でも、あの日……あたしは知ってしまった。
　洸輝のお父さんとうちのお父さんが親友同士だったと。
　そして、父を裏切ったのが洸輝のお父さんだと……。
　あの日を境にあたしは洸輝を避けた。

あのときにはもうあたしは洸輝に惹かれていた。
　だからこそ、これ以上近づくわけにはいかなかった。
　今なら間に合う。まだ引き返せる。
　洸輝への気持ちを抑えられるって思っていた。
　でも、洸輝はあたしがどんなに避けてもあたしへの気持ちをまっすぐ伝えてきてくれた。
　あたしは洸輝の優しさに甘えすぎていたんだ。
「ごめんね……。ごめんね、洸輝」
　洸輝に冷たくされたって、避けられたって、そんなの全部自業自得だってわかってる。
　あたしだって、洸輝をたくさん傷つけた。
　でもね、思い出しちゃうんだ。
　洸輝との楽しかった出来事を……。
　もともとそんなに泣き虫なわけじゃない。
　それなのに、洸輝と出会ってから泣いていることが多い気がする。
　こんなことになるなら、出会わなければよかったのかな……？
　そうすれば、こんなに悲しい思いもしなくてもよかった……？
　こんなに傷つくことも、切なくなることも、つらくなることもなかった？
　だけど、洸輝に出会ってあたしは初めての感情をたくさん知ったんd。
　洸輝に出会えたからこそ、こんな気持ちを知ることがで

きた。
　人を愛する喜びも、楽しさも、愛おしさも。
　こんな風に誰かを思って泣くことができたのは、洸輝のおかげだ。
　でも、やっぱりそう簡単には割り切れないよ。
　これからどれだけつらい思いをして洸輝のことを忘れていかなくちゃいけないんだろう。
　想像するだけで胸が痛む。
　でも……忘れたくない。
　もし、この気持ちが報われなかったとしても、この気持ちを言葉にしなければ、クラスメイトとしてすぐそばで洸輝の姿を見ていられる。
　洸輝が笑っていられるなら、あたしは……。
　洸輝が幸せならそれでいい。
　涙をふいてゆっくりと立ちあがる。
　あたしのことを好きじゃなくたっていい。
　きらいになってもいい。
　だけど、あたしは洸輝のことを好きでいる。
　洸輝がそうしてくれたように。
　そして、いつか……。
　あたしが洸輝に救われたように、あたしが洸輝を救える日が来たらいいのに。
　救えなくてもいい。
　もしも洸輝が困っていたら、手を差しのべよう。
　あたしは洸輝に差し出された温かい手に、何度も助けら

れた。
　ゆっくりと前を向く。
　——もう逃げない。
　なにがあっても逃げたりしない。
　あたしはまっ青な空を見あげてそう誓った。

## 切ない距離

　洸輝に避けられるようになってから1週間が過ぎた。
　洸輝は徹底的にあたしのことを避け続けた。
　言葉を交わすことも、目を合わせることもない。
「洸輝、なんかつらそう……」
　体育の時間、体育館でバスケの試合をする洸輝を見つめてポツリとそう漏らすと、京ちゃんが不思議そうに首をかしげた。
「どのへんが？　いつもと変わらないでしょ」
「やっぱり事故の後遺症とかあるのかな。前に先生が頭を強く打ってるって言ってたでしょ？」
「考えすぎだって。日向、ピンピンしてるもん」
「そうかな……？　いつもは取れてるボールを取るのも大変そうだから。具合が悪いわけじゃないよね？」
　心配になって洸輝を目で追うあたしの隣で、京ちゃんがくすっと笑う。
「花凛ってホント日向のことよく見てるよね」
「え……？」
「まっ、それはどっちもか。あたしはアンタたちのこと見てるのがじれったくてしょうがないわ」
　京ちゃんの言葉の意味がいまいちよくわからない。
「早く日向と仲直りしなって」
「ケンカしたとか……そういうんじゃないんだよ」

「話は知ってるけどさ、日向が花凛を避けるのにはわけがあるはずでしょ？」
「それは……あたしが洸輝のお父さんを罵ったからだよ。誰だって自分のお父さんを悪く言われたら頭にくるもん」
「でもさ、あたし、正直日向にムカついてるのよ。なにがあっても花凛から離れないって言ってたくせに、自分が花凛のこと避けてさ。どういうことよ」
『日向はさ、花凛のことどんなことがあっても裏切らないよね？　離れていかないよね？』
『当たり前だろ』
　たしかにあの日、洸輝はそう言っていた。
「あたしね……洸輝に避けられても、どうしても裏切られたって思えないの」
「どういうことよ」
「なにか理由があるんじゃないかって……。もちろん、あたしが洸輝のお父さんにしたことを許せないっていう気持ちもあると思うの。でも、それだけじゃない気がして……。洸輝がつらそうに見えて仕方ないの……」
　洸輝の笑顔にいつものような輝きがない。
　無理して笑っているような……そんな気さえする。
「あたしにはよくわかんないけどさ、花凛も日向も自分の気持ちに嘘つきすぎでしょ。おたがい素直になればいいのに」
　ハァとため息をつく京ちゃん。
　とそのとき、やってきた誰かがドスッとあたしの隣に腰

をおろした。
「は、林くん？　どうしたの？」
「試合疲れたから遊びにきちゃった。やっぱ男だけのむさ苦しいところで試合やってるより、女の子がいるところのほうがいいじゃん？」

　よくわからない話を始める林くん。
「つーかさ、奥山に話があるんだけど」
「話って？」
「単刀直入に聞くけど、洸輝となにかあったの？　お前ら最近変じゃね？」

　林くんの質問に思わず口ごもる。

　なんて答えたらいいんだろう。

　あたしが黙っていると、京ちゃんが代わりに答えてくれた。
「ケンカっていう感じではない。でも、わけがあって日向に花凛が避けられてるって感じ？」
「こないだは奥山が洸輝のこと避けてなかったか？」
「そうそう。なんか花凛と日向ってじれったいでしょ〜？」
「だな〜!!　俺なんてふたりに協力してやろうと思って、奥山の誕生日洸輝に教えてやったりしたのに、うまくいかなかったみたいだしなー。好き同士のまちがいないのになんでだよ〜!!」

　林くんが頭を抱える。

　そういえば、洸輝も言っていた。あたしの誕生日を林くんに聞いたって。
「俺的にはふたりにくっついてほしかったんだけどな。誕

生日も一緒とか、なんか運命感じない？」
「え？」
　思わず聞き返す。
「なんだ、洸輝に聞いてないのか？　洸輝の誕生日６月15日。奥山と同じ日だから」
「嘘……」
　あっ……だから林くんは——。
『……今日誕生日だなって思って』
『奥山の!?』
『うん』
『マジか！　すげぇ、偶然だな!!』
　あのときはよく意味がわからなかった。
　でも、今ならわかる。
　あの日……６月15日……。
　洸輝はしきりに会おうと繰り返し言っていた。
　でも、あたしは冷たい言葉で洸輝を突きはなした。
　洸輝にとっても……あの日が17歳の誕生日だったのに。
　１年に一度の大切な日だったのに。
　あたしにだけケーキを買ってきてくれた洸輝。
　自分だって誕生日なのに。祝ってほしかったはずなのに。
それなのに……あたしは——。
「つーかさ、俺と吉野って気が合いそうじゃね？　俺ら付き合ってみる？」
「嫌だ」
「ハァ～!?　なんだよ、それ。OKしてくれたっていいじゃ

ん」
「嫌。なんであたしがアンタなんかと付き合わなくちゃいけないのよ。ていうか、今そんな話してないから」
「アンタなんかとっていうのは余計だろ！　なんだよ、ノリ悪いな～」
「ノリでそんなバカみたいなこと言ってんじゃないわよ」
　京ちゃんに軽くあしらわれてイジけている林くんの隣で、あたしは膝を抱えた。
「で、本題に戻るけどさ」
　林くんの表情がどこか真剣になる。
　あたしは林くんの話に耳を傾けた。
「洸輝になにかあったのかって聞いても、『べつになにもない』としか答えてくんねぇんだよ。アイツ、自分の中に溜めこむから俺すげぇ心配してんだよね」
　すると、京ちゃんは目を細めていぶかしげに言った。
「ていうかさ、昔から仲がよかったのかもしれないけど、なんで林が日向のことそんなに気にするわけ？」
「洸輝もああ見えていろいろあるんだって」
「そういう風には見えないけど？　顔よし、頭よし、性格よし、運動神経よし、校内一のモテ男だもん」
「たしかにそう見えるかもしれないな。でもちがうんだって。洸輝は昔——」
　林くんがなにかを言いかけたとき、キャーという悲鳴が体育館に響いた。
「なんだ!?」

林くんの声につられるように、騒がしいコート内に視線を移すと、左手首を押さえている洸輝の姿が目に入った。
「……洸輝？」
　洸輝になにがあったのかと心配になって、弾かれるように立ちあがったあたし。
　洸輝のまわりに集まった人だかりの輪の中心で、洸輝が大丈夫というように笑っている。
「アイツ、ケガしたのかもな。俺ちょっと見てくるわ」
　林くんが洸輝のもとへ駆けだす。
「花凛も行ってきたら？」
「行けないよ……」
　京ちゃんの言葉に力なく首を横に振る。
　あたしにはなにもできない。
　こうやって遠くから洸輝を見つめることしかできないの。
　無力な自分が嫌になる。
　そのとき、騒ぎに気づいた先生が叫んだ。
「日向と同じクラスの保健委員、日向を保健室に連れていってやってくれ！」
　保健委員……？
「あれ？　花凛って保健委員じゃなかったっけ？」
「うん」
　京ちゃんの言葉にあたしは小さくうなずいた。
　上履きの音が静かな廊下に響く。
　あたしの斜めうしろから黙ってついてくる洸輝。
　すぐそばに洸輝がいると思うだけで、胸がドキドキと高

鳴る。
「先生、いませんか……？」
　シーンっと静まりかえった保健室の中。
　あたしと洸輝の間に気まずい空気が流れる。
　どうしよう……。
　とりあえず、ケガの手当てをしなくちゃ。
「こ、ここ座って？」
　丸椅子に洸輝を座らせて湿布を探す。
「えっと……たしかこのあたりに……」
　湿布の入った棚に手を伸ばす。
　なんとか棚を開けて中の箱を取り出そうと、背伸びして指先をピンッと伸ばす。
　あと数センチのところにあるのになかなか届かない。
「……っ」
　必死に指先を伸ばしたとき、すっと横から伸びてきた手が軽々と箱を持ちあげた。
　振り返るとすぐそばに洸輝がいた。
　バチッと至近距離で目が合う。
「あっ……」
　なにか言おうとするけど、うまく言葉にならない。
　洸輝は何事もなかったかのように、スッとあたしから目をそらすと、再び丸椅子に腰かけた。
「湿布、あたしが貼るね？」
　箱から湿布を取り出してフィルムをはがす。
「洸輝がバスケでケガするのって珍しいね……？　なにか

考えごと？」
「べつに」
　そっけない言い方。
　それでもあたしはあきらめなかった。
　こうやって洸輝とふたりっきりで話せる時間は、限られている。
　今、この時間があたしにとってはとても貴重に思えた。
「そっか。でも、今日……調子悪そうだなって思って心配してたんだ」
　あたしの言葉に洸輝が顔をあげた。
「調子悪そうって？」
「なんかいつもは取れてるボールもミスしたりしてたから」
　あたしの言葉に洸輝が目を細める。
「あっ、ごめん。あたしの勘ちがいだと思うから気にしないで？」
　あわてて弁解して、痛めてしまった左手首に湿布を持っていく。
「このあたりで大丈夫？」
　湿布を貼る場所を尋ねる。
　緊張で指先が小刻みに震えてしまう。
「あぁ」
　洸輝の手首にそっと湿布を貼る。
　それだけのことなのに、相当の体力を使ったような気がする。
「じゃあ、あたし戻るから。洸輝は少し休んでから来てね。

先生には伝えておくから」
　そう言って椅子から立ちあがった瞬間、洸輝があたしの手首をつかんだ。
　その反動で再び椅子に腰かけて、洸輝と向かいあうような格好になった。
　驚いて瞬きを繰り返す。
「さっき」
「え？」
「ヒロヤとなに話してた？」
「林くんと……？　べつにたいした話はしてないよ」
　林くんがふざけて京ちゃんに付き合おうって言ったり。
　林くんが洸輝を心配していたということは、林くんも照れくさいだろうし洸輝に伝えるのは避けた。
「いつの間にかずいぶん仲よくなったんだな？」
「べつにそんなんじゃないよ」
　ただ、林くんの言葉が気になった。
　洸輝にもなにか問題があるような言い方をしたから。
　それがなにかを聞くことはできなかったけれど、聞いておかなければいけないような気がした。
「ま、べつに俺には関係ないけど」
　ぱっとあたしの手首から手を離す洸輝。
　こんなに近くにいるのに。
　手を伸ばせばすぐそこにいるのに。
　どうしてこんなに洸輝を遠く感じるんだろう。
「……どうして言ってくれなかったの？」

「なにを」
「あたしと同じ誕生日だって」
　そう言うと洸輝は眉間にしわを寄せる。
「なんで知ってんの？」
「林くんに聞いたの」
「ったく。アイツおしゃべりだな……」
「あたし……ぜんぜん知らなくて……本当にごめんね」
「べつに。知ってたからってなにかが変わったわけじゃねーし」
　ふっとあきらめたように笑う洸輝の表情を見た瞬間、言いようもない感情が込みあげてくる。
　こんな洸輝見たことがない。
　平然を装っているけれど、やっぱり今日はいつもとちがう。
「……じゃあ、またね」
　あたしは丸椅子からゆっくりと立ちあがる。
　今度はもうあたしを引き止めてはくれなかった。
　洸輝はあたしから顔を背けたまま。
　あたしたちの距離は簡単には埋められない。
　あたしは洸輝に背中を向けて保健室の扉に手をかけた。
「っ……」
　廊下に出て痛む胸を押さえる。
　洸輝もあたしに避けられているとき、こんな気持ちだったのかな……？
　息苦しくて胸の中に鉛が詰まっているみたい。
　それでも洸輝はあたしを追いかけてきてくれた。

手を差しのべてくれた。
　あたしを最後まで見捨てなかった。
　そのとき、保健室の中でガシャンという鈍い音がした。
「――洸輝？」
　あわてて保健室の扉を半分開けて、あたしは息をのんだ。
　洸輝が痛めていないほうの手でテーブルを叩く。
　その横顔がゆがんでいる。
　つらそうで、切なそうで、やるせないその表情。
　あたしの存在に気づいていない洸輝は、髪をくしゃくしゃといじる。
　ねぇ、洸輝。
　……どうしてそんなにつらそうなの？
　洸輝のそんな顔を見たのは初めてだった。
　いつだって太陽みたいに明るくて、ポジティブで、笑顔で。
　なんの悩みもなさそうに見えた洸輝。
　あたしとはまったくちがう境遇を生きてきた洸輝が、まぶしくて仕方がなかった。
　それなのに、どうしてそんな顔するの？
　少しだけ前屈みになっているその大きな背中が、今日は心なしか小さく見える。
　あたしは洸輝に気づかれないようにそっと扉を閉めた。
　洸輝の弱さを初めて見た気がした。
　そのとき、ふとさっき林くんが放った言葉を思い出す。
『洸輝もああ見えていろいろあるんだって』
　そのいろいろが洸輝をあんな顔にさせたの……？

林くんはこうも言っていた。
『アイツ、自分の中に溜めこむから俺すげぇ心配してんだよね』
　その言葉がなにを示すのかはわからない。
　だけど、その言葉が大きな意味を持つ気がした。
　あたし……今まで洸輝のなにを見てきたんだろう。
　ずっと洸輝の優しさに甘えてばっかりいた。
　洸輝は完璧で、欠点もないし、なんの悩みもなさそうって決めつけてた。
　だけど、もしもそうじゃなかったとしたら……？
　そのとき、ガラガラと音を立てて保健室の扉が開いた。
　洸輝は廊下にいたあたしに気づいて、ほんの少しだけ驚いたように見えた。
「……まだいたのか？」
　あきれたように冷たくそう言うと、あたしの横を通りすぎていこうとする洸輝。
　このまま洸輝を行かせてもいいの……？
　自分自身に問いかける。
　洸輝はあたしがどんなに避けても、あたしを追いかけてきてくれた。手を伸ばしてくれた。あたしを救おうとしてくれた。
　それでどんなに救われただろう。
　洸輝は言っていた。
『ゲームみたいなものだったんだって。花凛とのこと。振り向かない花凛を振り向かせようとして、ムキになってた。

でも、もうそれも終わりにする』

　ゲームだったら、もっとはやくやめることができたでしょ？

『俺が今まで花凛に言ったことも、したことも全部なんの意味もないことだから』

　本当に……？　本当に意味のないことだった？

　頭の中で洸輝に問いかける。

『俺も、お前のこと大っきらいだから。正直、もう顔も見たくない』

　そう言っていたのに、どうして保健室から出ていこうとするあたしを引き止めたの？

　あたしと林くんがなにを話していたのか聞いたの？

「——洸輝、待って！」

　あたしは洸輝の腕をつかんだ。

「お願い、話を聞いて」

「話なんて聞きたくない」

　洸輝は突きはなすように言うと、あたしの手を自分の腕から引きはなした。

「言っただろ？　もう俺にかかわるなって」

「……っ」

　冷めた口調。

　心が折れそうになる。

　洸輝は再びあたしに背中を向けて歩きだす。

　あたしはぐっと拳を握りしめた。

「あたし、どんなに避けられても洸輝と離れないから!!」

『俺、どんなに避けられても花凛と離れないから』
　以前洸輝に言われた言葉を、今度はあたしが洸輝に投げかけていた。
　あたしの声が聞こえているはずなのに、洸輝は振り返らない。
　あたしは徐々に遠ざかっていく洸輝の背中が見えなくなるまでずっと目で追い続けた。

## 衝撃の事実

「どうしたの？　なにかあった？」
　母に顔をのぞきこまれてハッとする。
「え？」
「悩みがあるなら、お母さん聞くわよ？」
「あっ、ううん。大丈夫大丈夫」
　あわてて首を横に振る。
　洸輝との今日の出来事をぼんやり考えてしまった。
　珍しく仕事が早く終わった母と近くのスーパーへやってきたあたしは、買い物カートを押して母のうしろをついてまわる。
　そのとき、スイーツコーナーにあるイチゴのショートケーキが目に留まった。
　あの日、あたしの誕生日に洸輝が買ってきてくれたケーキとよく似ている。
　ドリンクコーナーに行くと、オレンジジュースが目に入る。
　洸輝、好きなんだよなぁ。
　学校の自販機のオレンジジュースはなぜか人気があり、売り切れになることが多いから、仕方なくコーヒーを買っていると話していた洸輝。
　あの頃、おたがいになにも知らなかったあの日に帰れたら……そんなバカみたいな想像がふくらむ。
　あたしと洸輝は永遠に交わらない運命だったのかな……？

これも、神様のいたずら？
　神様は、どれだけあたしに意地悪をしたら気が済むんだろう。
　どうして洸輝だったんだろう。
　この世界にはたくさんの人がいるのに、どうして父の親友の息子が洸輝だったの？
　どうしてあたしは洸輝を好きになってしまったの？
　最初は抑えられると思った洸輝への想い。
　でも、グラスに注いだ水のように少しずつ少しずつ増えていく洸輝への想いはいつしか満杯になり、あふれだした。
「よしっ。帰ろうか」
「うん」
　小さくうなずいてスーパーを出て駐車場へ向かう。
　車のドアを開け荷物を運びいれて、車に乗りこもうとしたとき、
「あっ……」
　母が声を漏らした。
「なに？　なにか言った？」
　不思議に思って母に視線を向ける。
「お久しぶりです……」
　母の視線の先にいたのは、洸輝のお父さんだった。
　母は懐かしそうな表情で、洸輝のお父さんに頭を下げた。
　洸輝のお父さんも一瞬驚いたような表情を浮かべたあと、頭を下げ返した。
　どうして……。どうしてこんなタイミングで——。

思わず言葉を失う。
「ご無沙汰してます。あの……今、お時間ありますか？」
「今……ですか？」
　母がちらりと車の中の荷物に目を向ける。
「あぁ、お買い物が終わったあとじゃすぐに帰らないといけませんよね」
「いえ、大丈夫ですよ。もし日向さんがよろしければうちに来ませんか？　主人も日向さんが来てくださったら、きっと喜びます」
「ちょっ……お母さん？」
「花凛にもこの機会に話しておきたいことがあるの。日向さん、来ていただけますか？」
　母はあたしのことなんてお構いなしに、洸輝のお父さんを誘う。
「えぇ……。では、お邪魔させていただきます。30分後ぐらいに伺ってもよろしいですか？」
「わかりました。待ってますね」
　母はそう言うと、平然とした表情で車に乗りこんだ。
「お母さん……どうして？　なんであの人をうちに招くの!?　あの人がお父さんになにしたのか忘れたの!?」
「花凛、ちゃんと話すから。今までのこと全部」
「今までのことってなに？　なんなの？」
「日向さんが家に来てからにするわ」
　母はそう言うと、ハンドルを握り車を発進させた。
　状況がのみこめずに困惑するあたしとは対照的に、母は

どこかうれしそうにさえ見える。
　どういうことなの……？
　どうして、お父さんのことを裏切った人をうちにあげようとしてるの？
　わかんない。ぜんぜんわかんないよ。
　家に着いてからもソワソワしてしまう。
　母が、あたしに話しておきたいことがなにか気になって仕方ない。
　父が亡くなってから母子ふたりで助けあって生きてきた。
　隠しごともなかったはずだ。
　それなのに、今になってなんの話があるというんだろう……。
　心の中がザワザワとうるさくなる。
　洸輝のお父さんがやってきたのは、きっかり30分後だった。
　父の仏壇に供えるお花と、おいしいと噂のケーキを手土産にやってきた洸輝のお父さんは、家に入るなりまっ先に父の仏壇へ向かいお線香をあげた。
　目をつぶって、何十秒も手を合わせて、父へなにかを伝えている洸輝のお父さん。
　母はその様子を黙って見つめていた。
「どうぞ」
「ありがとうございます」
　洸輝のお父さんをリビングに通す。
　ソファに座った洸輝のお父さんと向かいあうようにして、カウチに座る母。あたしは洸輝のお父さんの斜め横に座っ

た。
　母は優しい笑みを浮かべた。
「今日は来てくださってありがとうございます」
「いえ、じつは今日、お宅へお邪魔させていただこうと思っていたんです。修一に報告したいことがありまして。お花を買いにたまたまスーパーへ向かったら、偶然奥さんと花凛ちゃんがいて驚きました」
「そうだったんですね」
　母がうなずく。
「主人も……日向さんが来てくれて喜んでいると思います」
　母の言葉に目頭が熱くなる。
　なにそれ。お父さんが喜んでる？　どうしてそうなるの……？
「どうしてお父さんが喜んでるの……？」
　涙目になりながら母に訴える。
「お父さんは会社をクビになったんだよ!?　仕事を失って落ちこんでたの、お母さん知ってたでしょ!?　それなのにどうして!?」
「花凛、落ち着いて？」
「落ち着けるわけないよ！」
「あのね、花凛。日向さんはなにも悪くないのよ」
　母の表情から笑みが消える。
「悪いのはお母さんなの。全部、お母さんがお願いしたことなの」
「なに……？　どういうこと？」

「お父さんが仕事を続けたいと申し出たとき、断るようにって私が日向さんにお願いしたの」
「え……？」
　声にならない声が出た。
　なに？　言っている意味がよく理解できない。
「なんなの？　意味わかんないよ」
「お父さんの病気がわかったとき、もう手の施しようがなかったの。私だけが主治医の先生に呼ばれて言われたのよ。全身にガンが転移していて、もう治療法(ちりょうほう)はないって。無理をさせず、自宅で安静にして１日１日を大切に生きられるようにサポートしてあげてくださいって言われたの」
　当時のことを思い出したのか、母の目に涙がにじむ。
「お父さんにとって仕事がどれだけ大切か、わかっていたつもりよ。でもね、生きていてほしかったの。１分でも１秒でも長く生きてほしかった。一緒にいたかった……」
　母の目から大粒の涙があふれだした。
「だから、私が日向さんにお願いしたのよ。仕事を続けたいとお父さんが頼んだら断ってほしいって。でもお父さんって意外と頑固(がんこ)なところがあったから……。仕事に行くって言って聞かなかったのよ。それほどお父さんにとって仕事は大切なものだったのね」
　母が泣いたのは、父のお葬式以来だ。
　父のお葬式が終わると、母はあたしの前で泣くことも弱音を吐くこともなかった。
『お母さんがお父さんの分までがんばらなくちゃね。花凛を

しっかり育てなくちゃ天国のお父さんに怒られちゃうわ』
　そう言っていつも明るく振るまっていた母。
　時間の経過とともに、父との記憶は思い出になっていったのかと思っていた。
　悲しみも徐々に癒えたのかもしれないとすら思っていた。
　でも、そうじゃなかった。
　あたしと同じぐらい……ううん、あたし以上に母は父を失った悲しみを抱えていた。
　それを表に出さなかっただけ。
　顔では笑いながら、心で泣いていた。
　あたしを心配させないように。
　母はずっと……そうやって生きてきたんだ。
「いや、それはちがいます」
　すると、洸輝のお父さんが苦しげな表情を浮かべた。
「僕も信じられなかったんです。修一が病気で……しかも末期だなんて。宣告される前の日だって一緒に酒を飲んで、今後の仕事の話で盛りあがったんです。もっともっとふたりでいい会社にしていこうと話していた矢先のことでした」
　あたしは黙って洸輝のお父さんの話に耳を傾ける。
「でも、修一がガンで余命があとわずかだと知っても……それを信じたくなかったんです。修一なら絶対に病気に打ち勝つことができる。そう信じていた。いや、それもちがうな。僕が信じたかったんです。これから先もずっと一緒に生きていけると。一緒に仕事ができると」
　洸輝のお父さんの声がかすれる。

必死に涙をこらえているのがわかる。
「僕は修一が死ぬなんて１ミリも思わなかった。でも、あのとき修一に必要なのは仕事じゃないと思ったんです。中途半端に休職扱いにすると、責任感の強い修一は仕事のことばかり考えてしまう。大事な会議があれば無理をしてでも会社へやってくるかもしれない……そう考えたんです。だから、修一に伝えました。『もう会社に来るな。お前はクビだ』と」
「そんな……」
　思わず心の声が漏れる。
　今までずっと考えていた。父の親友であった洸輝のお父さんがどうして裏切ったのか。
　父と一緒に立ちあげた会社を、父が病気になったのをいいことにひとりで乗っとろうとしたと思っていた。
　でも、それはすべてあたしの勘ちがいだったの……？
　動揺で指先が小刻みに震える。
「僕の前で修一は泣いていました。『頼むから仕事をさせてくれ』と何度も僕に頼みこみました。でも、あのときの僕にはああするしかなかった。いくら仕事を休んだっていい。病気を治せばもう一度一緒に仕事ができるんだから。そのときまで、修一のポストはとっておくつもりでした。あのとき僕はそう考えていました」
　グッと奥歯を嚙みしめて話す洸輝のお父さんの目から、涙があふれる。
　それをぬぐうことなく、洸輝のお父さんは続ける。

「でも、今になって……後悔しているんです。僕は修一になにも伝えなかった。『病気が治ったらまた一緒に仕事をしよう。それまで修一の居場所は残しておく。だから今は治療に専念してくれ』、そう伝えていたらどんなによかっただろう……って」
「日向さん…」

　洸輝のお父さんの涙につられて、母がボロボロと涙をこぼす。
「あのとき、仕事をしたがった修一と最期の時まで一緒に仕事をすればよかったのかもしれないとも思うんです。修一が望むとおりにしてあげればよかったのかもしれない。でも、僕は修一が死ぬなんて考えたくなかった。どんな形でも生きていてほしかった。仕事なら僕が修一の代わりができる。でも、あいつの代わりはあいつしかいない……」
「主人は……ちゃんと日向さんの気持ちをわかっていましたよ」
「ありがとうございます。でも、僕は修一に生きていてほしかった。意地でも……生きていてほしかったんです。この世界のどこかにいてほしかった。一緒に酒が飲みたいし、バカな話をして笑いあいたい……。でも、もう修一はいない。たったひとりの親友ともう言葉を交わすこともできない」

　洸輝のお父さんはそっと遺影の父に視線を向けた。

　涙でぐしゃぐしゃになった顔を隠すことなく、洸輝のお父さんは父へ向かって言った。

「優しい奥さんと、可愛い娘を残して先に逝くなんてダメだろ？　死んだら終わりなんだぞ、修一……！」
　洸輝のお父さんはそう言うと、頭を抱えて涙を流す。
　その姿には嘘も偽りも感じられなかった。
　洸輝のお父さんは……父を裏切ったわけではなかった。
　それどころか、父をクビにしたのも苦渋の決断だったんだ。
　すべては父を思ってのことだった。
　仕事人間の父は、自分の体調が悪い日でも無理をして出勤するだろうと洸輝のお父さんは考えたんだ。
　父と長年付き合いのある親友だからこそ、そう思ったんだろう。
　あたしや母のように父の死を悼み悲しんでいた。
　真実を知って心が粉々に壊れそうになる。
　あたしが今までずっと胸に抱えていた、たくさんの感情がもつれあう。
　そして、勝手な勘ちがいをして洸輝のお父さんを罵ってしまった自分を恥じた。
　あたしに責められて、洸輝のお父さんはどれだけ胸を痛めただろう。
　でも、あのとき……洸輝のお父さんは本当のことを話そうとはしなかった。
　すべてあたしに伝えてしまえば楽になるのに。
『花凛ちゃんのお母さんに頼まれたんだよ。君のお父さんをクビにしてほしいって。だから僕はそう言っただけだよ』
　そう弁解することだってできたはずだ。

でも、洸輝のお父さんはそうしなかった。
　きっと母を思ってのことだろう。
　洸輝のお父さんが父を裏切った、とあたしが思っていることを知り、その事実を隠そうとした。
　あのとき、平然としていた洸輝のお父さんは心の中で泣いていたにちがいない。
　その優しさが今のあたしにとっては痛すぎる。
「今は……修一と作ったこの会社で、修一がやり残したことを僕が受けつぐことしかできないんだ」
「父のやり残したことですか……？」
　思わずそう聞き返す。
「あぁ。僕たちの立ちあげた会社の名前の由来は……お父さんに聞いているかな？」
「いえ……、知りません」
「FLの社名はね、英語でfollowなんだよ」
「フォローですか……？」
「あぁ」
　あたしがそう尋ねると、洸輝のお父さんは懐かしむように過去の話を始めた。
　——父と洸輝のお父さんが学生だった頃、ふたりとも荒れていた時期があったらしい。
　同じ学校で顔を合わせたことはあるものの、まだふたりは親しくなかった。
　思春期特有の反抗期以上に荒れ、すさんでいく生活。
　おたがいのことは意識していた。

どこか自分と同じにおいを感じていたから。
そしてついに、ふたりは大喧嘩をした。
本当に些細なことがキッカケだったらしい。
本気で殴りあい、最後はそろって倒れた。
　その時、地面に寝転びながらボロボロなおたがいの顔を見てふたりは笑った。
　寝転んで見あげた空は雲ひとつない青空で。
　心が一瞬ふわりと軽くなった。
　その日から父と洸輝のお父さんは、言葉を交わすようになった。
　学生時代、いいこと以上に嫌なこともたくさんあった。
　それでもおたがいがおたがいを支えあい、ふたりはなんとか無事に高校を卒業した。
「あの日、修一がいなかったら今日の僕はいないとすら思うんだ。修一もたぶんそう思ってくれていてね。ふたりで相談してFL社という社名にしたんだ」
　父と洸輝のお父さん。
　ふたりがおたがいを支えあって会社を守っていくだけではなく、困っている人にも手を差しのべていこう。
　そんな願いがこめられた会社。
　ふたりは学生時代、たくさんの人に出会った。
　裏切られたこともあったし、傷つけられたこともあった。
　でも、それ以上に優しさをもらい、たくさんの手助けをもらった。
　ほんの少しのことが、誰かを助けるきっかけになるかも

しれない。
　助けを待っている人や困っている人がいたら、手を差しのべる。
　ほんの小さな優しさが、弱っている誰かをきっと救える。
　その手をつかむかどうかは相手が決めること。
　その第一歩を踏みだすきっかけをつくれたらいいと、ふたりは考えていた。
「僕たちの会社はそんな思いからスタートしたんだ。そして、僕は修一の意思をこれからもずっと受け継いでいきたいと思っているんだ。だから、今は必死になって仕事に打ちこんでいる。会社を大きくするということは、修一と僕の思いが多くの人に受け継がれているということだからね」
　洸輝のお父さんはそう言ってほんの少しだけ表情をゆるめた。
　以前、洸輝が言っていた。
　お父さんが毎日仕事に打ちこんでいると。
　そのときは、父を裏切って会社を乗っとり大きくしようとしていると嫌悪感を抱いてしまった。
　でも、そうじゃなかった。
　洸輝のお父さんは……父を大切に思ってくれていた。
　そして、父と一緒に立ちあげた会社も……父の気持ちを受けついで必死にひとりで守ってくれていた。
　あたしは……今までなにを見ていたんだろう。
「……ごめんなさい」

謝った瞬間、涙があふれる。
「あたし……ずっと誤解してました……。洸輝のお父さんが……父を裏切ったって。父を悲しませたって……。でも、ちがった。ぜんぜんちがった……。あたし……なんにもわかってなかったんです……」
「謝らないで。僕の選択が正解かどうかはわからないんだから……。僕のほうこそ勝手なことをしてごめん」
　洸輝のお父さんがあたしに頭を下げる。
「悪いのはすべて私です。日向さんにまでたくさんご迷惑をおかけして……本当にすみませんでした。花凛にも……悪いことをしたと思ってるわ。今までずっと黙っていてごめんね？」
　母も頭を下げる。
　３人が部屋の中で謝りながらボロボロと涙を流す。
　はたから見たら不思議な光景だろう。
「もう……やめましょうか。私たちが泣いているのを見たら……主人が心配してしまいますね」
　母の言葉にあたしと洸輝のお父さんが小さくうなずいた。
　たがいの誤解はもう解けた。
　洸輝のお父さんの父への気持ちも、十分すぎるほどわかった。
　ねぇ、お父さん。
　こうやって３人が会うきっかけを作ってくれたのは、お父さんだったのかな……？
　なんかね、そんな気がするの。

お父さんが、あたしたちを引きあわせてくれたような気がする。
「……修一、本当に悪かった。いつか…いつか僕がそっちにいったらまた一緒に酒でも飲もう」
　洸輝のお父さんはそう言って遺影を見あげる。
　あたしと母もそろって父の遺影を見あげる。
　満面の笑みを浮かべている父。
　その笑顔が、今日はさらに輝いている気がする。
「そういえば、今日主人に報告したいことがあるって言ってましたよね？　なにかあったんですか？」
　母が洸輝のお父さんに尋ねる。
「はい。実は修一が以前から気にかけていたアラタくんという男の子がいましてね。あぁ、今はもう22歳なのでくんづけで呼ぶのもあれですね」
　洸輝のお父さんの言葉。
　アラタっていう名前に聞き覚えがある。
　どこで聞いたんだろう。
　あっ……もしかして……このまえコンビニで話しかけてきた林くんのお兄さん……？
「それって……林くんのお兄さんですか？」
「花凛ちゃん、知ってるのかい？　そうだよ。林アラタくんだよ」
「アラタさんとうちの父は知り合いなんですか？」
「そうだよ。アラタくん、学生時代は手が付けられないくらいやんちゃでね。もともとの出会いは修一がアラタくん

に路上で喧嘩を売られたことがキッカケなんだよ」

路上で喧嘩を売られたって……。

今も十分ヤンチャそうなアラタさんを思い出して、思わず苦笑いを浮かべる。

「でも、彼はもともとは優しい子なんだよ。それにすぐに気づいた修一はね、彼を会社主催のイベントに誘ったり、彼の悩みを聞いたり、アラタくんをサポートしていたんだ。高校を辞めたいと言ったのを引き止めたのも修一だ」

「そんなことがあったんですね……」

「修一はいつもアラタくんを気にかけていたんだ。でも、アラタくんの高校卒業を見届けることなく修一は亡くなったんだ。でも、昨日アラタくんがうちの会社に来てね。今年の４月から就職してがんばっているって報告してくれたんだ。それを今日修一に報告にきたんだ」

アラタさんに会ったときのことを思い出す。

『親父さんたちには相当世話になったからなぁ。今度時間あったら会社に行ってみるわ。無事就職したって報告もしたいし』

アラタさんの『親父さんたち』の中には、父も含まれていたんだ。

アラタさんもまた、父を忘れていなかった。父が亡くなって５年経った今も……。

それがただただうれしかった。

「お茶、入れ替えますね」

母が湯呑みを持ってキッチンに消える。

すると、洸輝のお父さんが唐突に切りだした。
「花凛ちゃん」
「はい」
「洸輝は……学校で普通にやってるかな？」
「普通にやってると思いますけど……」
「そうか。それならいいんだ……」
　なぜか煮えきらない態度の洸輝のお父さん。
「洸輝になにかあるんですか？」
　どうしてだろう。
　聞かずにはいられなかった。
　あたしはこのとき、聞かなければならない妙な使命感に駆られていた。
　——でも洸輝のお父さんから出た言葉はあまりにショックなものだった。
「実はね……この間の事故で視神経をやられてしまってね。生活に支障があるんじゃないかって心配しているんだよ」
「え……？」
　時が止まったみたい。
　喉の奥がきゅっと詰まってうまく言葉にならない。
　一瞬、目の前がまっ白になった。
　なに？　どういうこと……？
「最初は、左目の視界が曇って見えるっていうだけだったんだ。うっすら見えるから大丈夫だって本人も言っていたんだけど、本当はもうほとんど見えていないと先生に言われてね」

「左目が……見えていないっていうことですか？」
「まだ光は差しているみたいでね。だけど、今後は徐々に視力を失っていくんだ。もちろん、それは洸輝にも伝えてある」

　嘘だ。嘘だよ、そんなの。
　そんなはずない。
　洸輝にそんな様子、見られなかった。
　普段どおりに生活してたよ。
　今までと同じように……。
　同じように？
　そのとき、ふとある出来事が脳裏を過った。
　あたしが机の上から落としたシャープペンを、洸輝はすぐに拾いあげられなかった。
　手を床につけ、シャープペンの場所を探っていた。
　普段と同じように目が見えていれば、あんなことする必要はない。
「主治医の先生にも言われたんだ。突然片目が見えなくなると、バランス感覚が悪くなり、遠近感がつかめなくなるって。転びやすくなったり、頭痛がしたり日常生活に支障がでるらしい」

　たしかに兆候はあった。
　グラグラと足もとから崩れていくようなそんな感覚。
　まさか、そんな。
　そんな言葉ばかりが頭の中に浮かんでは消えていく。
　そうだ。

入院中、メッセージを送ったとき洸輝は珍しく打ちまちがいをしていた。
『ありかとう』
　なんの違和感も感じていなかった。
　今日だってそうだ。
　体育の時間、いつもより動きが悪かった。
　珍しく手をケガした。
　スポーツ万能な洸輝には珍しいミスだった。
　もしも。
　もしもそれに目が関係していたとしたら。
　でも……洸輝はそんなの微塵も感じさせなかった。
　いつものように振るまって、いつものように明るい笑顔を浮かべていた。
　……あの日……
　洸輝のお父さんと会った雨の日。
　洸輝はあたしを引き止めようと手を伸ばした。
　でもその手は無情にも二度空を切った。
　あのとき、ふざけているのかと思った。
　こんなときにどうしてこんなことができるんだろう。
　あたしは洸輝の態度にいきどおりを感じた。
『あっ』と声を漏らして、洸輝は困ったように笑いながら自分の手のひらを見つめていた。
　洸輝は……ふざけてなんていなかったの……？
　あたしの腕をつかんで引き止めようとしてくれていた。
　でも、それができなかった。

あの日は雨も降っていた。左目の視力が下がり、遠近感をつかめなかったのかもしれない。
　普通だったらできることが、洸輝にはできなくなっていた。
『――花凛‼』
　だから、あたしを呼び止めようと叫んだの……？
「そんな……。うそでしょ……」
　そんな言葉が口から漏れる。
　なにも知らなかったあたしは洸輝にこう叫んだ。
『――大っきらい』って。
　洸輝はあのとき、どんな気持ちだったんだろう。
　洸輝の気持ちを考えると、心臓を引きちぎられたように鋭い痛みが走る。
　あのときの洸輝の表情を思い出す。
　ごめんね、洸輝。本当にごめんね。
「洸輝は……子どものころから我慢ばかりする子でね。自分の気持ちを抑えこむために笑うんだ」
「どういう意味ですか？」
「妻が亡くなったのは、洸輝が小学校に入学する前だったんだ……。それから洸輝は自分の気持ちを口にしなくなった」
　洸輝のお父さんの言葉にただならぬ違和感を感じる。
「ちょっ、待ってください……。え？　どういうこと……？」
　混乱する頭の中。
　頭を右手で押さえて考える。
　洸輝には美人で料理の上手なお母さんがいるはず。

「えっ……でも、洸輝……遠足でおいしそうなお弁当食べてました」
「あれは僕が作ったんだよ」
「え……?」
「昔から料理だけは得意だったから」
「そんなまさか……」
「そうか……。洸輝は花凛ちゃんにまだ妻の話をしていないんだね」

　洸輝のお父さんが困ったようにつぶやいた。
　知りたい……。洸輝のことが。
　あたしの知らない洸輝のこと。
　全部知りたい——。
「お願いします……。洸輝のこと、あたしに教えてください……!!」
　すがるような気持ちでそう頼むと、洸輝のお父さんは大きくうなずいた。


　——約11年前。
　病気がちだった洸輝のお母さんは入院することになった。
　病状は悪化の一途をたどり、医者からはいつ意識がなくなり、そのまま逝ってもおかしくないと告げられていた。
　それを、洸輝のお父さんは洸輝に話せなかった。
　毎日、母親の病院へお見舞いにやってくる洸輝。
　人一倍母親の心配をしていた洸輝に、お父さんは『大丈夫だよ。お母さんはきっとよくなるよ』という言葉を繰り

返した。
　それは洸輝に向けただけではなく、自分への励ましでもあった。
　洸輝は、お母さんのお見舞いにいくたびに繰り返している言葉があった。
『お母さん、早くよくなってね。もうすぐ卒園式もあるよ。一緒に行こうね』
　洸輝はいつも決まって卒園式の話をしていた。
　病気がちで、行事にも参加できない日々が続いていたお母さん。
　でも、幼稚園最後の大きな行事にお母さんと参加できることを洸輝は楽しみにしていた。
　けれどその夢は叶わなかった。
　洸輝の卒園式当日、お母さんはこの世を去った。
　朝方のまだ陽が昇る前の早い時間。
　病院から連絡を受けた洸輝とお父さんが駆けつけると、すでにもう息はなかった。
　洸輝のお母さんは誰に看取られるでもなく、病院でひっそりとひとりで息を引きとった。
　洸輝はその日、ひと言もしゃべらなかったらしい。
　言葉をかけてもうなずくのが精いっぱいで、まともに受け答えすらできなかった。
　泣くわけでもなく、ただただ呆然としていた洸輝。
　結局、卒園式に出席することも叶わなかったという。
「そんなことが……あったんですか……」

息が苦しくなる。

洗輝のつらい過去をあたしはまったく知らなかった。

「母親の葬儀が終わったあと、洗輝は初めて涙を流したんだ。今まで溜まりに溜まった感情を爆発させるように泣いてね……。でもそのあと、洗輝は笑顔を浮かべるようになったんだ。まわりの人から見たら洗輝が笑っているように見えるかもしれない。母親を失った悲しみから立ち直ったようにも見えるかもしれない。でも、ちがうんだ」

洗輝は出棺のとき、

『お母さん……!! いかないで!!』

そう叫び、涙を流した。

親戚やまわりの大人が洗輝をなだめようとしても、ムダだった。

洗輝は駆けだし、お母さんの入った棺を抱きしめて叫んだ。

『お母さん……置いていかないで……。もう卒園式なんていいから。もうワガママ言わないから……。お願いだから。だから先にいかないでよ!!』

洗輝のお父さんは、洗輝をうしろから抱きしめながら泣いた。

——お母さんは長くは生きられないんだよ。

洗輝にそう伝えることのできなかった自分を責めた。

最後にお別れもできなかった洗輝の気持ちを思うと、胸が締めつけられた。

「洗輝は……本当に楽しくて笑っているわけじゃないんだよ。本心を隠すために笑っているだけ」

お父さんのその言葉にハッとする。
　林くんも同じことを言っていた気がする。
『洸輝は自分の気持ちを顔に出したりしない。絶対に見せようとしないから』
『洸輝もああ見えていろいろあるんだって』
　林くんは洸輝と幼なじみだ。
　もしかして——。
「あのっ、林くんは洸輝のお母さんのこと……」
「あぁ、ヒロヤくんか。知ってるよ。幼稚園も一緒だったから。洸輝のことをいつも心配してくれて助かってるよ。妻が亡くなったあともヒロヤくんが洸輝のことをいろいろと気にかけてくれてね。いい友達ができて僕もうれしいんだ」
　やっぱり……。
　林くんは洸輝の悲しい過去を知っていた。
　だから、ときどき、林くんは意味深なことを言ったりしたんだ。
　あいまいにぼやけていた点と点が徐々につながっていく。
「あの雨の日、僕は洸輝に聞かれてすべてを話したんだ……。僕が花凛ちゃんのお父さんと一緒に会社を立ちあげたこと。そして、修一が病気になりクビにしたこと」
「洸輝に……話したんですか……？」
「うん。そしたら洸輝がね、怒って僕に言い返したんだ。僕の前でも感情をむきだしにすることはなかったから、正直驚いたよ」

そう言って、洸輝のお父さんは少しだけ複雑そうな表情を浮かべた。
　あっ……。
　そのとき、ふと気がついた。
　洸輝のお父さんはどこまで洸輝に伝えたんだろう。
　母に頼まれたこと、それから父のことを思ってクビにしたこと。
　ちゃんと洸輝に話したのかな……？
　もし話していなかったとしたら、洸輝があたしと同じように洸輝のお父さんが父を裏切ったと誤解しても、おかしくないはずだ。
「あの……洸輝は知ってますか？　うちの母が明さんに頼んだこと……」
「いや、それは話していないよ」
「え？」
「話そうかどうか迷ってたんだ。でも、話の途中で洸輝が怒りだしてしまってね。それから何度か話す機会を持とうとしても、洸輝が聞く耳を持たなくて。そういえば花凛ちゃん……洸輝を避けていた時期があったのかい？」
「ありました……。あたし……ずっと父が裏切られたと思っていたんです。だから、洸輝を避けていたんです」
「そうか。そうだったんだね。だからあのとき洸輝は……」

『花凛がどうして俺を避けてたのかわかった。それなのに俺は……花凛に近づこうとした。そうすることで俺は花凛

を追いつめて傷つけたんだ……』

　洸輝は苦しそうにそう言っていたらしい。
　お父さんはそのときのことを振り返って眉を下げる。
「洸輝は……よっぽど花凛ちゃんのことが大切なんだろうな。花凛ちゃんと出会ったおかげで洸輝の中でなにかが変わったんだろう。ありがとう……花凛ちゃん」
　洸輝はお母さんを失ったあの日からずっと感情に鍵をかけて生きてきた。
　悲しくて。
　つらくて。
　さみしくて。
　切なくて。
　母親を亡くした幼い洸輝の心の中には、ポッカリと穴が開いた。
　今にも壊れそうな心をなんとか必死に守るために、洸輝は笑うことを覚えたのかもしれない。
　感情をむき出しにすることもなく、つらいことや悲しいことがあっても自分の中でぐっと抑えこんで笑う。
　そうすることで必死にバランスを保って生きてきた。
「洸輝……」
　あたしは知らなかった。
　洸輝のその悲しみも涙も、全部。
　なにも知らなかったんだね……。
　ごめんね。

本当にごめん。
　心の中で謝る。
　あの雨の日以来、あたしを避け続けた洸輝。
　洸輝があたしを避けた理由をずっと考えていた……。
　あたしが洸輝のお父さんを、目の前で罵ったことが一番の原因だと思っていた。
　だけど、本当にそうだったの……？

『俺、意地になってたんだ。だいたいの子は俺が少し優しくするとなびいてきたから。花凛もすぐに落ちるだろうって思ってたけど予想外になかなか落ちなくてさ』
『ゲームみたいなものだったんだって。花凛とのこと。振り向かない花凛を振り向かせようとしてムキになってた。でも、もうそれも終わりにする』
『俺が今まで花凛に言ったことも、したことも全部なんの意味もないことだから』
『俺も、お前のこと大っきらいだから。正直、もう顔も見たくない』

　あの日、洸輝の放った言葉は本心だったの……？
　あたしには本心だって思えないの。

『花凛がどうして俺を避けてたのかわかった。それなのに俺は……花凛に近づこうとした。そうすることで俺は花凛を追いつめて傷つけたんだ……』

お父さんにそう言っていたんでしょ……？
　あたしのことがきらいになったなら……そんなこと言う必要ないよね……？

『そういうことだからもう俺にかかわんな』

　そう言ってあたしに背中を向けたとき、洸輝はどんな気持ちだったの……？
　心が透けて見えればいいのに。
　そうすれば、洸輝があのときどんな風に思っていたのかわかるのに。
　あたしは……洸輝を避けている間中、胸が痛かった。
　理由を話すこともできず、ただ避けることしかできない歯がゆさを感じていた。
　もしも。もしも洸輝があのときのあたしと同じ気持ちだったとしたら……。
　保健室で見たあのつらそうな表情を思い出して、胸が締めつけられる。
　あんな顔を見たのは初めてだった。
　洸輝は、いつもなにかあるとああやってひとりで苦しんでいたのかもしれない。
　人知れず悲しみに暮れていたのかもしれない。
　あたしにはその気持ちが痛いぐらいにわかる。
　あたしと洸輝は、ずっと前から同じ痛みを抱えていたんだね。

洸輝はお母さんを、あたしはお父さんを失っていた。
　大切な家族を失うということは、当たり前だった日常がガラリと変わるということ。
　それを洸輝は知っていた。
　——あのときもそうだ。
『当たり前って思ってることが、当たり前じゃないんだよな』
『ずっと続いていくって思ってたことが、突然終わりを迎えることもあるってこと』
　あの言葉は洸輝がお母さんを失ったときに知ったんだ。
　あたしだってそうだ。
　お父さんを失うまでは、家族3人でこれから先もずっと生きていくと信じて疑わなかった。
　時間に限りがあることはわかっていた。
　でも、近い未来にそんなことが起こるなんて微塵も感じていなかったんだ。
　突然、事故で命を落としたり、病気になり余命1ヶ月の宣告を受けたり。
　そんなことは、自分の身やまわりの人には絶対に起こらないって過信していた。
　でも、父は病気になり、数ヶ月でこの世を去った。
　あたしは、父が亡くなってようやくそんな簡単なことに気がついた。
　今、生きていられる幸せ。
　そんな幸せがこんなにも大切だったと。

この世には絶対、なんてことはない。
　それなのに気づかない。
　自分がそうなるまで。
　誰かを、なにかを、大切なものを失うまでは気づくことができない。
　当たり前の日常の幸せ、大切さ、ありがたさに。
　――洸輝は知っていた。
　だから、あたしにあの言葉を投げかけたんだ。
　悲しみも。
　痛みも。
　苦しみも。
　切なさも。
　洸輝は身をもって知っていたんだね……。
　でも、それをあえて口にすることはなかった。
　前に京ちゃんと話していた。
　洸輝にはなんの欠点も見あたらないって。
　あたしも思っていた。
　なんの不自由もなく、幸せで順風満帆な生活を送っていると。
　でも、ちがった。
　深い悲しみを隠して、洸輝は生きていた。
　そしてまた、きっと今……洸輝は悲しみに暮れている。
　左目の視力を……徐々に失いかけているんだから。
「洸輝は……今どこにいるんですか……？」
　思わずそう尋ねた。

「そうだな……。たぶん、お墓にいるんじゃないかな」
「お墓の場所ってどこですか？」
「奇遇なことにね、修一と同じお寺のお墓なんだよ。少し場所は離れているけどね」
「え……？」

　前に父の墓参りをしたとき、そのそばで洸輝に偶然会ったことがある。

　あの日も……。

　あの日も洸輝は、お母さんに会いにいっていたのかもしれない。

　そういえばあの日、父のお墓に行くとお花とお線香があった。

　もしかして……。

「あのっ、父の命日にお墓に来てくださいましたか？」
「あぁ。行ったよ。修一に会社のことでいろいろ話したいことがあってね」
「やっぱり……そうだったんですね……」

　あの日、母は会社の人が来てくれたのかもしれないと言っていた。

　ありえないと思っていたけれど、母の言ったとおり洸輝のお父さんだったんだ……。

「ありがとうございます。父も……喜んでいると思います」

　ねぇ、お父さん。

　お父さんは本当にいい友達を持ったね？

　お父さんのこと……今でもこんなに大切に思ってくれて

いるんだよ？
　娘であるあたしまでうれしくなっちゃうよ。
　よかったね、お父さん。
「でも、どうして今日洸輝がお墓にいると思うんですか？」
　なにげなく尋ねる。
「今日が、命日だから」
「え……？」
「今日は妻の11回目の命日なんだよ」
　ドクンッと心臓が震える。
　そうだったんだ……。
　今日が洸輝のお母さんの……。
　保健室の洸輝の姿を思い出す。
　弱々しく頼りなげな姿。
　人には見せない洸輝の姿。
「すみません、あたし、洸輝のところに行ってきます！」
　あたしはテーブルの上のスマホをつかんでバッグの中に押しこみ、立ちあがった。
「あらっ？　花凛、どこか行くの？」
「うん。ちょっと出かけてくるから」
　お茶を持ってやってきた母が首をかしげる。
「花凛、いってらっしゃい」
　そう言って微笑む母。
　なにもかも見透かされているようで、くすぐったい気持ちになる。
「また、今度ゆっくりうちに来てください。今日はありが

とうございました」
「あぁ。花凛ちゃんも今度ヒマなときにうちの会社へ遊びにおいで」
「はい!!」
　あたしは大きくうなずくと、転がるように玄関を飛び出した。
　──洸輝に会うために。
　ねぇ、洸輝。
　あたし……知らなかった。洸輝のこと。なにも……。
　洸輝の表面だけを見て、知った気になっていただけ。
　洸輝は心に大きな傷を抱えながら生きていた。
　だから洸輝はいつも笑っていたんだ。
　きっとそうすることで自分自身を守っていたのかもしれない。
　胸の奥から湧きあがってくる熱い感情をぐっと抑える。
　どうして気づいてあげられなかったんだろう。
『お前ら、親のありがたみわかんねぇのかよ』
　遠足の日に放ったあの言葉は、きっと洸輝の心の声だった。
　それに洸輝がお母さんの話をしたことがなかった。
『料理の上手な美人のお母さんがいる』
　と、まわりが勝手に想像してはやしたてていただけだったのに。
「ハァ……ハァ……」
　息を切らして走り続ける。
　苦しくなっても歩をゆるめたりはしない。

洸輝に1分でも1秒でも早く会いたい。
　父の命日に孤独を感じていたあたしの目の前に洸輝が現れてくれたとき、あたしはたしかに救われた。
　洸輝はあたしがさびしいときもつらいときも……そばにいてくれた。
　黙って隣にいてくれるだけで、どんなに気持ちが救われたかわからない。
　振り返ってみれば、あたしはいつも洸輝にいろいろなものをもらってばかりいた。
　でも、あたしがあげたものはなにひとつない。
　だから……。
　だから今度はあたしが洸輝に手を差しのべる番。
　その手を握ってくれなくても、あたしは手を差しのべる。
　洸輝があたしにしてくれたように……あたしも――。
　必死に走り続けて気がつくと、墓地の近くの公園まで来ていた。
　洸輝があたしの誕生日を祝ってくれた思い出の公園。
　でも、いい思い出だけじゃない。
　あたしは洸輝から告白されてキスされて……走って逃げたんだ。
　苦い気持ちを噛みしめていると、
「あっ……」
　公園の中の小さなベンチに座っている人物に目がいった。
　見覚えのある制服。
　目を凝らす。

「……洸輝……？」
　そこにいたのはまちがいなく洸輝だった。
　今すぐ走りだしたい気持ちを抑えて、一度大きく深呼吸する。
　ずっと……ずっと自分の気持ちを隠してきた。
　洸輝がまっすぐあたしに気持ちをぶつけてくれたときも、あたしは洸輝から目をそらして自分の気持ちから逃げた。
　だけど。もう、逃げない。あたしは洸輝からも……。
　自分の気持ちからも。
　素直に……今のありのままの気持ちを洸輝に伝えるんだ。
　一歩一歩、洸輝へ近づいていく。
　足もとに視線を落としている洸輝は、あたしの存在には気がつかない。
　そして、洸輝の目の前まで歩を進めると、そっと名前を呼んだ。
「——洸輝」
　名前を呼ばれて、ハッとしたように顔をあげた洸輝。
「花凛……」
　あたしに気づいてさらに驚いて目を見開く。
「なんでここに……？」
「あたしね……洸輝に言わなくちゃいけないことがあるの」
　あたしがそう言うと、洸輝はベンチから立ちあがって、横に置いてあったバッグをつかんで肩にかけた。
「花凛の話なんてべつに聞きたくないから」
　洸輝はそう言って、あたしの横をすり抜けていこうとする。

すると、あたしの肩に洸輝の肩がぶつかった。
「……わりぃ」
　謝る洸輝を見て悟った。
　やっぱり……左目は徐々に光を失っているんだ……。
　遠近感がつかめなくて、あたしの肩にぶつかったのかもしれない。
「じゃあな」
「──待って!!」
　去っていこうとする洸輝のバッグの肩ひもをギュッとつかむ。
　洸輝は驚いたようにあたしに視線を向けた。
「お願い、行かないで」
「だから──」
「洸輝はあたしのために……こうやって冷たい態度をとってるんでしょ？　距離を置こうとしてるんでしょ？」
「なに言ってんだよ」
「あたし、さっきまで洸輝のお父さんと一緒にいたの」
「──は？」
　洸輝が絶句する。
「なんで親父と花凛が……。どうしてだよ。親父が花凛に会いにいったのか!?」
「そのことで、話があるの。ちゃんと話がしたい。お願いだからあたしの話を聞いて？」
　すがるように洸輝を見つめる。
　洸輝は、お父さんがうちの父を裏切ったと思っている。

まずはその誤解を解かないと。
「わかった」
　洸輝はしぶしぶベンチに腰をおろした。
「……隣、いい？」
「あぁ」
　洸輝の隣に座る。
　ふわりとやわらかくて甘い香水の匂いがする。
　洸輝の匂いが心を落ち着かせる。
　あたしはふぅっと息を吐いてから話しはじめた。
「洸輝のお父さんがうちの父と一緒に会社を立ちあげたのは聞いたよね？」
「……あぁ」
　父は病気になってから会社をクビになった。
　社長であり親友でもあった洸輝のお父さんに、会社へ戻してもらえるように何度も必死に頼みこんだ。
　でも、洸輝のお父さんはそれを拒んだ……。
「うちの親父が……ごめんな」
　洸輝は整った顔をゆがめる。
　あたしは首を横に振った。
「謝るのはあたしのほうだよ。あたし、5年間ずっと誤解したままだったの」
「誤解？」
「そう。洸輝のお父さんは、うちのお父さんを裏切ったりなんてしていなかった。それどころかお父さんのことをすごく大切に想ってくれてたの。亡くなった今も……ずっと」

感情が湧きあがって目頭が熱くなる。
　母に頼まれたこともあり、洸輝のお父さんは父へクビを宣告した。
　でも、それは言葉だけ。
　そうでも言わなければ、父は無理をしてでも会社へやってくると思ったから。
　洸輝のお父さんは父が亡くなることよりも、父が生きている未来を考えてくれていた。
　父が生き続けることを望んでいた。
　だから、心を鬼にして父をクビにした。
　それを……父が亡くなった今、洸輝のお父さんは後悔していると言っていた。
　あの決断が正しかったのかわからないって。
　でも、きっと伝わっている。
　父への気持ちも、優しさも。
　父はわかってくれるはずだ。
「そうだったのか……」
　顔をゆがめて髪をクシャクシャといじる洸輝。
「ごめんね、洸輝。もとはといえば、あたしが誤解したから……こんなことになっちゃったんだよ。あたしが悪いの」
　あたしが勝手な誤解をしたせいで、いろいろな人を巻きこんでしまった。
　洸輝にも冷たく当たってしまった時期もある。
「ごめんね、洸輝……」
　本当にごめん。

もう一度謝ると、洸輝はそっとあたしに視線を向けた。
「花凛が俺を避けたのってやっぱり……花凛のお父さんとうちの親父のことがあったからか？」
「……うん。もちろん、お父さんのこともある。だけど……たぶんそれだけじゃなかった」
　あたしは正直に打ち明けた。
「あたしね……あのとき洸輝がうらやましかったの。あたしとはちがってなんでも持ってて完璧で。そんな洸輝がうらやましくて仕方なかった」
「花凛……」
「うちのお父さんはもうこの世にいないのに、洸輝には料理好きなお母さんもいて社長のお父さんもいる。なに不自由ない生活をしてる洸輝が……自分とはかけ離れてる洸輝がまぶしくて仕方なかった」
　そう言うと、涙があふれた。
「花凛、泣くなって」
　洸輝はそっとあたしの涙をぬぐってくれる。
「洸輝、あたしのこと……許してくれる？　わざと避けたり冷たくしたりして……ごめんね」
　謝っても許してもらえないようなことをたくさんした。
　だけど、今は謝る以外の言葉が出てこない。
「謝んなって。俺も……ごめんな」
「洸輝があたしを避けた理由って……洸輝のお父さんがうちのお父さんを裏切ったって思ったからだよね？　だから。洸輝はあたしのために……」

「ああするしかなかったんだ。俺のこと見たら、花凛がお父さんのこと思い出すだろうって思ったから」
「やっぱり……そうだったんだね」
　洸輝があたしを避けた理由は、お父さんに聞いてなんとなく予想がついていた。
「あのね、あたしね」
　あたしは洸輝のほうに少しだけ体を傾けた。
　緊張して息が止まりそうになる。
　決めていた。
　洸輝に告白されたこの公園で、今度はあたしが洸輝に告白すると。
　ちゃんと自分の気持ちを打ち明ける。
　洸輝の茶色く澄んだ瞳があたしを捕えて離さない。
　ドクンドクンッと心臓が震える。
　あたしは息を吸いこむと、吐きだすように言った。
「あたし、洸輝が好きだよ」
　まっすぐ洸輝の目を見てハッキリ言った。
　誰かに、こうやって自分の気持ちを伝えたのは初めてだった。
　言い終わると同時にとたんに恥ずかしくなる。
　洸輝はあたしを見つめて黙ったまま、表情ひとつ変えない。
「あの……？　洸輝？」
　なにも言わない洸輝の顔をのぞきこむと、ハッとしたような表情を浮かべた。
「花凛が前にフリーズした気持ちがわかった気がする」

「え?」
「突然、そんなこと言うとかズルいだろ。心の準備できてなかったし」
「ご、ごめん……」
　恋愛経験ゼロのあたし。
　今のタイミングっておかしかったのかな……?
「でも、今のはあたしの本当の気持ちです。本当は……前に洸輝に好きって言ってもらえてうれしかったの。だけど……あのときは『あたしも』って言えなくて……。あたし、自分の気持ちに嘘ついてたの」
　困惑しながらそう言うと、洸輝がふっと笑った。
　それは優しくて温かい笑顔だった。
「俺も花凛が好きだ。ずっと花凛への気持ち変わってないから」
　ニッと笑いながらあたしの頭をなでる洸輝。
「本当に……?」
「本当」
「嘘……。すごいうれしい……」
　ぶわっと感情が湧きあがってくる。
　うれしさにいてもたってもいられない。
　こんな気持ち生まれて初めてだった。
　胸がキュンっと高鳴る。
　すると、洸輝がベンチに置いているあたしの手をギュッとつかんだ。
「俺、ずっと花凛が好きだった。だから、花凛と隣の席に

なれたことがすげぇうれしくてさ」
「ずっと?」
「高1のときから、気になってたから」
「え。嘘、なんで?」
「遠足のとき、花凛が『ありがとう』って微笑んだ時、不思議な気持ちになった」
「不思議な気持ち?」
「俺と花凛、ふたりだけの世界にいるような感じ。勝手に通じあってる気になった」
「嘘……。あたしも……あのとき、そんな気持ちになったよ」
「そうなのか……? あの日から花凛のことが気になってたけど、なかなか接点が持てなくてさ。でも、クラス替えで隣の席になってすげぇうれしくてさ」

『隣って奥山だったんだ』

　洸輝と交わした初めての言葉。
　あのとき、名前を知っていてもらえたことがうれしかった。
　だけど洸輝はあのときにはあたしを……?
「なんか信じられないよ……。夢みたい……」
「バーカ。でも、俺もこうやって一緒にいられるのが夢みたいって思ってんだけどな」
「一緒……だね」
「だな」
　目を見合わせてくすっと笑う。

あたし、幸せだ。
　今、この瞬間にこれ以上ない幸せを感じる。
「洸輝……これからはずっと一緒にいてくれる……？」
「当たり前。もう離れないから」
　目が合った。
　その瞬間、どちらからともなくおたがいに顔を近づけていた。
　ゆっくりとふたりの距離が縮まる。
　唇が触れあったと同時に、甘酸っぱい感情が体を支配する。
　洸輝への好きの気持ちがあふれだす。
　唇を離すと、洸輝はあたしの体をギュッと抱きしめてくれた。
　温かくて大きな洸輝の胸に顔を埋めると、幸せがあふれだす。
　ありがとう、好きになってくれて。
　ありがとう、あたしと出会ってくれて。
　ありがとう、そんな言葉でいっぱいになる。
　あたしたちは、何度も何度もおたがいの気持ちを確かめるようにキスをした。

## ラストレター

　夕暮れが近くなる。
　あたしと洸輝は、ベンチに腰かけたまま空を見あげた。
　ギュッとおたがいの手を握りしめたまま。
「この空のどこかでお父さんがあたしを見てくれているような気がするの。洸輝もそう思ったことない？」
　洸輝は違和感を感じてあたしを見る。
「洸輝のお母さんもきっと洸輝を見てくれてるよ」
「……親父に聞いたのか？」
「うん。あたし、なんにも知らなかったよ」
「ごめんな。隠してて」
「それは、いいの。でもね」
「ん？」
「つらいこととか、悲しいことがあったらひとりで抱えこまないでね」
　洸輝のお父さんは言っていた。
　洸輝は我慢しすぎるところがあると。
　親友の林くんも同じことを言っていた。
　我慢し続けたら、いつかきっと限界を超えてしまう。
　その前に、あたしが力になれたら……そう思った。
「ありがとな、花凛」
　そう言って笑う洸輝。
「あのさ」

洸輝が口を開いた。
「俺、もうひとつ花凛に隠してたことがある」
「隠してたこと……？」
「あぁ。親父に聞いたかもしれないけど……俺……左目が見えづらくなってる」
「洸輝……」
「事故で頭を打ったときに、視神経が傷ついたらしくてさ。意識が戻ったときから左目だけまわりがぼやけて見えたんだ。最初は、少しすればまた元どおり見えるようになるって思ったけど……たぶん、厳しい」
　困ったように笑う洸輝。
「徐々に見える範囲が狭くなってんだ。遠近感がつかめなくなってたいしたことない道でつまずいたりするし。花凛の肩にぶつかったのも……そのせいだ。」
　心なしか洸輝の声に力がない。
「もっと見えなくなったらつまずくだけじゃなくて、なんにもない道で転んだりすんのかもな。ダセーよな」
　洸輝は笑顔を浮かべながら話す。
　あたしは握りしめている手にギュッと力を込めた。
「あたしの前では無理して笑わないで？　泣いたっていいんだよ？　洸輝があたしに言ってくれたんだから。泣きたいときは泣いてもいいって」
「花凛……」
「つらいことがあるなら、口に出していいよ？　我慢しなくてもいいんだよ」

あたしの前で我慢なんてしないで。
「花凛、ありがとな……」
　弱々しくつぶやいた洸輝の体を、あたしはギュッと抱きしめる。
　大丈夫だよ。大丈夫。
　洸輝の背中をポンポンッと叩く。
　洸輝があたしにそうしてくれたように、今度はあたしが洸輝を救いたい。
　お父さんが言っていた。
　人は誰しも、誰かを支えて、誰かに支えられながら生きている。
　ひとりじゃない。
　あたしには洸輝がいる。洸輝にはあたしがいる。
　あたしにとって洸輝は特別な存在だ。
　だから、あたしも洸輝にとって特別な存在でありたい。
「最近、毎日のように夢を見る。まっ暗闇の中、左目が少しずつ見えなくなって……方向感覚がおかしくなって、道に迷って永遠に暗闇から出られない……そんな夢」
「うん」
「朝飛び起きると、まだ左目に光が差してるってホッとするんだ」
「うん」
「でも、明日には見えなくなるかもしれねぇなって、毎日そればっかり考える」
　洸輝の体を抱きしめる腕に力をこめる。

「なんでこんなことになったんだよって。なんで俺がって……。母さんのこともそうだ。どうして母さんが病気になったのかって考えて、悔んで……。俺が母さんにワガママ言ったりしたからだって。だから……」

　洸輝の声が鼻声になる。

　洸輝はずっと自分を責めてきたんだ。

『卒園式に一緒に行こう』

　と、毎日のようにお母さんに語りかけていたという洸輝。

　お母さんの棺にしがみつき涙を流したという洸輝は、

『お母さん……置いていかないで……。もう卒園式なんていいから。もうワガママ言わないから……。お願いだから。だから先にいかないでよ!!』

　11年が経った今でも、洸輝はあのときのことをいまだに悔やんでいた。

　その気持ちが痛いほどわかった。

　心の中がガラスの破片でいっぱいになってしまったように痛む、その気持ちが。

　失ってしまった人の存在が大きければ大きいほど、悲しみは深くなる。

　でも、それはその人を愛した証。

　その証はずっと胸の中に生き続ける。

「洸輝、それはちがうよ。それは絶対にちがう。お母さんはそんな風に思ってない。思ってるわけない」

「そうだと……いいけどな」

「洸輝、前にあたしに言ってくれたでしょ？」

『5年でも10年でも、いつまででも思い出せばいいだろ?』
『きっと奥山のお父さんも幸せだと思う。今もこうやって思い出して泣いてくれる娘がいて』

　洸輝のその言葉にあたしは救われた。
「いいんだよ、無理に忘れなくたって。忘れようとしなくても。だって、そんなに簡単に忘れられるわけないんだから」
「そうだな……」
「今、あたしたちにできることは毎日を大切に生きることだよ」
　怒ったり。
　悲しんだり。
　泣いたり。
　笑ったり。
　喜んだり。
　そんなことを繰り返して毎日を生きていく。
　きっとこれから先の人生で、いいことも悪いこともたくさん経験していく。
　でも、それを乗りこえながらあたしたちは生きていくしかない。
　あたしのお父さんが、洸輝のお母さんが生きられなかった分、あたしたちは毎日毎日を大切に生きよう。
　限られた日々を、大切に。
　その幸せを噛みしめながら。
　あたしは洸輝を抱きしめながら涙を流した。

洸輝が泣いていたのかどうかはわからない。
　だけど、洸輝は弱い部分をあたしに見せてくれた。
　弱音を吐いてくれた。
　それがうれしかった。
　これから先もこうやって。おたがいを支えあいながら生きていきたい。
　今日からまた、始めよう。
　新しい気持ちで。
「──俺、前向きに生きてみるから」
「洸輝はいつも前向きだよ」
　ただただまっすぐで、太陽のようにまぶしい。
「でも、もしも。もしもこれから先……くじけそうになることがあったらあたしが支えるから。洸輝があたしを支えてくれたように、今度はあたしが……」
「頼もしいな」
　クシャっと目を細めて子どものように笑う洸輝。
　その笑顔は作り物ではない。
　ちゃんと、心から笑ってくれている。
　つながれている手のひらから、洸輝の熱が感じられた。
　おたがいの体温が溶けあって気持ちがいい。
　ギュッとつないだこの手のぬくもりを、あたしはずっと忘れない。
　──大好きだよ。
　心の中でつぶやいた声が、手のひらを通じて洸輝に届きますように……。

あたしはそんなことを願った。
　公園を出て洸輝のお母さんのお墓に向かう。
「洸輝と付き合うことになった、奥山花凛です。よろしくお願いします」
　墓石を前に手を合わせて言うと、「心の中で言えよ」と洸輝が苦笑していた。
「たしかにそうだね」
　今日が命日ということもあり、たくさんの人がこのお墓にやってきたんだろう。
　供えられているたくさんのお花の数に、洸輝のお母さんの人柄が感じられた。
「また、来ますね」
　頭を下げてお墓をあとにする。
「このあと、どうする？」
　陽は暮れ、あたりが薄暗くなってきた。
「どっか行きたい場所あるか？」
「うーん……、じゃあ、プラプラ駅前のほうとか歩いてみたい」
「そんなんでいいのか？」
「そんなんでいいの。昔からね、彼氏と当てもなくブラブラするのが夢だったから」
「なんだそれ。そんなのこれからいつでもできんじゃん」
　あきれ顔の洸輝の言葉にきゅんとする。
　これからいつでも……できるんだ。
　あたしと洸輝は……付き合うことになったんだから。

少しだけゆるむ口もと。
「今、ニヤけてただろ？」
「ニヤけてないよ!!」
「いや、絶対ニヤけてたから」
「ちがうって!!」
　からかい顔の洸輝。
　こうやって一緒にいる時間が少しずつ増えていくのかな。
　そうしてふたりの思い出が増えていくといいな。
　しばらく歩くと駅前に着いた。
　あたしと洸輝は、近くのお店の雑貨屋さんに入って店内を見回した。
「あっ、こんなのある。可愛くない？」
「……んー……まぁ、可愛いかもな？」
「その反応微妙ってこと？」
「いや、俺そういう趣味ないからな……。よくわかんねぇ」
「たしかにね」
　ここの雑貨屋さんは、女の子しか楽しめないかもしれない。今度京ちゃんと来よう。
「あ、これ」
　すると、洸輝がなにかを手に取った。
「なにそれ？　宝箱？」
　洸輝は、両方の手のひらに収まるほどの大きさの木箱を持っている。
「鍵つきの宝箱らしい。つーか、これと同じようなのうちの親父の部屋にあるんだけど。『親友から預かった』って

言ってたけど。親友って花凛のお父さんだよな？」
「え……？」
　たしかに鍵と箱がセットで売られている。

【世界にひとつだけの宝箱です。鍵も１本のみ。なにを入れるかはあなた次第！】

　そのとき、ふとその鍵に目がいった。
「その鍵と同じようなの……うちにある」
「花凛の家に？」
「うん。お父さんがくれた最後のプレゼントでね、テディベアをもらったの。その首にネックレスみたいにして鍵がかかってたの」
　ずっと不思議だった。
　どうして父があのぬいぐるみをくれたのか。
　そして、首に巻かれていた鍵がなにを意味するのか。
　その鍵で開けられるものがないか家の中を必死になって探したものの、見つからなかった。
　父の遺品の中にもそれらしきものはないと母が言っていた。
　なんだろう。
　悲しさから封印しようとしていた記憶が、急に波のように一気に押しよせてくる。
　お父さんがあたしにあのテディベアをくれたあの日、こう言っていた。

『お父さんの親友だ。これから先もずっと……ね。もしなにかあればこのクマを持っておじさんのところへ行ってごらん?』

そうだ。父はたしかにそう言っていた。

『嫌だよ。行きたくない』

でも、あたしは嫌がった。

あのときにはもう、幼心に洸輝のお父さんが父を裏切ったと思っていたから。

だから、あたしは首を横に振ったんだ。

『花凜、いいかい? いつかきっとこのクマが父さんの代わりに花凜に幸せと愛情を運んでくれると父さんは信じてる』

テディベアを差し出しながら、父はそう言っていた。

最後のプレゼント。鍵。洸輝の家にある宝箱。

まさか……。

「その鍵、どこにある?」

「今、持ってる」

あたしは毎日鍵を持ち歩いていた。

そうすることで、父を近くに感じられたから。

「うち来るか?」

「……うん」

あたしと洸輝はそのまま店を出た。


「おじゃまします」

洸輝の家は閑静な住宅街の一角にあった。

白を基調にした洋風な家。

玄関を開けてもらい中に入ると、あたしは洸輝の部屋に通された。
　初めて入った男の子の部屋。
　自分の部屋とはちがう不思議な雰囲気が漂い、落ち着かない。
　すると、すぐに洸輝が木箱を持って現れた。
「これ。さっきのと一緒だろ？」
「そうだ。うん。そうだよ！」
　バッグのポケットの中から取り出した鍵。
　ずっと身に着けていたから、たくさんの傷ができてしまった。
「開けてみるね」
「あぁ」
　小さく息を吐くと、あたしは鍵穴に鍵を差しこんだ。
　指先が小刻みに震える。
　右に回すと、カチッという音がした。
「開いた……。開いたよ、洸輝!!」
　信じられない気持ちでいっぱいになりながら小さな箱のふたを開ける。
「これ……」
　中に入っていたのは手紙のようだった。
「手紙か？」
「そうみたい」
「読んでみてもいいかな……？」
「その鍵を花凛に渡したっていうことは、そういうことだろ」

「そうだね」
　あたしは４つ折りの便せんを開いた。
　１通目は、洸輝のお父さんへ宛てた手紙だった。

---

　明へ


　この手紙を読んでいるということは、きっと明が花凛に会ったということだろう。
　明にはたくさん迷惑をかけたな。
　仕事を途中で放りだす形になって本当に悪かった。
　お前に『クビだ』と言われたとき、ムキになってすまない。
　でもな、最期のときまでお前と一緒に仕事をしたいと思っていたこの気持ちは本当だ。
　だけど、やっぱりクビと言ってもらってよかったのかもしれない。
　俺は今まで家族にたくさん迷惑をかけてきた。
　仕事ばかりしていて、花凛にさみしい思いもさせたかもしれない。
　最期くらい家族とずっと一緒にいたいと思ったんだ。
　お前の気持ちは痛いぐらいにわかってる。
　だから俺のことで胸を痛めたりするな。
　お前と親友になれてよかった。
　お前と仕事ができてよかった。
　ありがとう、明。
　俺は今、天国で大好きな酒を飲んでいるはずだ。

なぁ、明。
またいつか、一緒に酒を飲もう。


そんな言葉で父の手紙は締めくくられていた。
「お父さん……がんばって手紙書いたんだ……」
「そうだな」
唇が震える。
へにゃへにゃな文字。
ところどころ、ペンの濃さがちがう。
きっと何日にも分けて必死で書いたにちがいない。
あたしは再び箱の中から4つ折りの手紙を取り出した。

美佐子へ


長い間、一緒にいてくれて本当にありがとう。
花凛を産んでくれてありがとう。
美佐子とともに歩んだ日々は俺の最高の宝物だ。
ごめんな、美佐子。先に逝くことを許してほしい。
この手紙を見るとき、花凛は何歳になってるだろう。
ひとりで育てるのは大変だな。
本当に悪かった。
俺が病気になってから何キロ痩せた？
もともと細いのにこれ以上痩せたら大変だ。
もっと栄養のあるものをたくさん食べるように。
美佐子。

つらい思いばかりさせてごめん。

でも、俺は美佐子と結婚できてよかった。

本当によかった。

また、いつか……必ず会える。

だからそのときまで少しの間お別れだ。

約束する。

だから、体に気をつけるんだよ。

ありがとう。

また会う日まで。


　２通目は母に宛てた手紙だった。

　お父さん、洸輝のお父さんにも、お母さんにもちゃんと手紙届けるからね。

　最後にこんな手紙を書いていたなんて、知らなかったよ……。

　残りあと２通。

　あたしは再び箱の中に手を入れた。


花凛へ


花凛、元気か？

今、何歳になった？

まだ小学生か？　中学生か？

まさか高校生？

花凛がこの手紙を見つけたということは、明と会った

いうことだね。

宝箱は明に、鍵は花凛に預けたんだ。

宝物探しが大好きだった花凛への父さんからの最後の問題。ちゃんと解いてくれたんだね。

花凛は優しい子だから、父さんのことをたくさん気遣ってくれたね。

ありがとう。

花凛の優しさは全部父さんに伝わっていたよ。

父さんは花凛のお父さんになれてよかった。

花凛は、父さんと母さんに神様がくれた最高のプレゼントだと思うんだ。

ずっと一緒にいたかったと今でも思うけれど、父さんはこうも考える。

どれだけ長い日々を生きたかじゃなく、どれだけ大切に毎日を生きたかだと。

花凛といられた時間は、父さんにとってかけがえのないものだったよ。

父さんは、幸せだった。

本当に幸せだった。

たくさんの人に出会って、たくさんの愛をもらった。


手紙の途中で涙があふれた。

必死に涙をぬぐっても、涙は洪水(こうずい)のようにあふれて止まらない。

にじむ視界。

ちゃんと最後まで読まなくちゃ。
あたしはもう一度涙をぬぐって手紙に視線を走らせた。

これから先、つらいこと悲しいこと……心が張り裂けてしまいそうになることがあるかもしれない。
でも、それだけじゃない。
うれしいことも楽しいことも……幸せだと思えることがたくさん起こるはずだ。
人生はつらいだけじゃない。
それと同じ、いやそれ以上に楽しいことがたくさんある。
父さんが母さんと出会って幸せだったように、花凛もいつか大切な人と幸せになれるはずだ。
大丈夫だよ。
花凛なら。
父さんはそう信じてる。
愛してもらいたければ、たくさん愛してあげなさい。
そうすればいつかきっと自分も愛してもらえるから。
花凛、ありがとう。
本当にありがとう。
父さんは本当に幸せだった。
大好きだよ、花凛。
父さんはずっと花凛を空から見守っているよ。
お別れの言葉は言わないよ。
きっと、またいつか会えるから……。
またな、花凛！

お母さんのこと、頼んだよ。
　　元気でな！　また会おう！


「お父さん——!!」
　泣き崩れるあたしの体を洸輝が支えてくれる。
「お父さん、幸せだったって……」
「あぁ」
「よかった……。よかったよ……」
　ずっと。父が亡くなってからずっと、ただひとつ聞きたいことがあった。

『お父さんは幸せでしたか……？』

　その答えはすべて手紙の中にあった。
　書きながら涙を流したんだろう。
　手紙にはところどころ丸い涙の跡が残っている。
　震える手で書いたのか文字はガタガタ。
　それでも必死に父は手紙を書いた。
　最後の気力を振りしぼって大切な人みんなに手紙を書いたんだ。
「あと１通は誰に宛てた手紙なんだ？」
「見て……みようか」
　あたしは最後の手紙を手に取った。

花凛の愛する人へ

　　はじめまして。花凛の父です。
　　顔を合わせてあいさつできないのが残念です。
　　あなたにひとつだけ、お願いがあります。
　　どうか花凛にたくさんの愛をあげてください。
　　あの子をどうか幸せにしてあげてください。
　　そして、おたがいを支えあいながら生きてください。
　　毎日を大切に。この瞬間を大事に。
　　花凛のかけがえのない存在になってくれて
　　本当にありがとう。
　　花凛のことをよろしくお願いします。


　　奥山修一より

　最後の一通は家族でも友達でもなく、あたしの愛する人へ向けた手紙だった。
「こんなの用意してたんだ……」
「俺も読んでいいか？」
「うん」
　洸輝にそっと父の手紙を手渡す。
　お父さんはこの手紙を書いている間も、下を向いたりしなかった。
　いつも前だけを見て必死に生きてきた。
　辛いことも。

悲しいことも。
　苦しいこともあったはずだ。
　それでも、生きた。
　父は精いっぱい生きたんだ——。
　あたしはギュッと父からもらった手紙を抱きしめた。
　ねぇ、お父さん。
　あたし……前を向いて生きていくから。
　毎日を大切に生きていくから。
　これから先、立ち止まることだってある。
　迷ったり悩んだりもするだろう。
　それでも、あたしは前を向く。
　そして一歩ずつでも歩を進める。
　あたし、気づいたの。
　お父さんはもうこの世にはいないけれど、お父さんの意思や想いを引き継ぐことはできる。
　だから、あたしも生きる。
　精いっぱい、生きてみるから。
　そしていつか……また会おう。
「花凛」
　名前を呼ばれたと同時にギュッと抱きしめられた。
「洸輝……？」
「お父さんからの手紙読んだ」
「うん」
「俺、花凛のこと幸せにするから」
　洸輝はギュッとあたしの体に回した腕に力を込める。

あたしはふっとはにかみながら笑った。
「あたしはもう、たくさんの幸せをもらってるよ」
　　洸輝と一緒にいられるだけで幸せなの。
「これ以上ないってぐらい、幸せにするから」
「……本当に？」
　　首をかしげて洸輝の顔を見あげると、洸輝はそっとあたしの唇にキスをした。
　　温かくて優しいキス。
　　そのキスから洸輝の愛情が感じられる。
「俺、花凛が好きだ。今までも、これから先もずっと」
「あたしも洸輝が好きだよ」
　　心が通じあう。
　　これから先も、ずっと一緒にいようね。
　　おたがいを支えあいながら、生きていこう。
　　目が合って、おたがいに照れ笑いを浮かべる。
　　洸輝が再びあたしの体を優しく抱きしめて、頭をなでた。
　　その手の温もりが父と同じように感じた。
　　お父さんが言ったとおりだね。
　　クマの人形はお父さんのかわりにたくさんの幸せと愛情を運んできてくれたよ。
　　あたしは目をつぶり、心の中でつぶやいた。
「お父さん、あたし、幸せだよ」
　　まぶたの奥で父がうれしそうに微笑んだ気がした。

　　　　　　　　　　　　　　　　　　　　END

## あとがき

　こんにちは、なぁなです。
　この度は数ある本の中から『キミを想えば想うほど、優しい嘘に傷ついて。』を手に取っていただきありがとうございます。
　今回のこの作品は初の書き下ろしでした。
　右も左もわからない手探りの作品作りは、本当に新鮮でした。
　どんなテーマにしようかとか、どんな物語にしようとか色々試行錯誤して作ったので、思い入れの深い作品になりました。

　『キミ嘘』には主人公の花凛と父の関係が多く書かれています。
　作中で大切な父を失った花凛の気持ちをたくさん書きましたが、私は自分の気持ちを花凛に重ね合わせていたんだな……と読み返してから気づきました。
　実は、昨年私の父も他界しました。
　花凛の父と同じガンです。
　この作品を書きながら、父を思い出して泣いてしまったりもしました。
　いるのが当たり前だった父がいなくなり、胸の中にポッカリと穴が開いたような気持ちで……。

今もその穴は完璧にはふさがらないけれど、少しずつ前を向こうと努力しています。
　そして、今、この瞬間を大切に生きたいと思うようにもなりました。
　身のまわりの小さな幸せを喜んだり、くだらないことで笑ったり。
　こうやって小説を書く場をいただいて、みなさんに読んでもらえることも本当に幸せです。
　1日をもっともっと大切に生きていこうと思っています。
　つたない小説ではありますが、この本を読んで少しでもなにかを感じ取っていただき、目の前にある小さな幸せに気づくきっかけになったとしたら嬉しいです。

　最後になりましたが、『キミを想えば想うほど、優しい嘘に傷ついて。』を読んでいただきありがとうございました。
　こうやって書き下ろしを書かせていただけることになったのも、私の力だけではありません。
　いつも私を応援してくれる読者の皆さんのおかげです。
　いろいろと本当にお世話になっている担当の飯野さん、スターツ出版の皆さん、デザイナーさん、この本に携わってくださったすべての方々にお礼申し上げます。
　本当にありがとうございました。

2016.6.25　なぁな

この物語はフィクションです。
実在の人物、団体等とは一切関係がありません。

なぁな先生への
ファンレターのあて先

〒104-0031
東京都中央区京橋1-3-1
八重洲口大栄ビル7F

スターツ出版(株)書籍編集部 気付
なぁな先生

KEITAI
SHOUSETSU
BUNKO
野いちご SINCE 2009

## キミを想えば想うほど、優しい嘘に傷ついて。

2016年6月25日　初版第1刷発行

著　者　なぁな
　　　　©Naana 2016

発行人　松島滋

デザイン　カバー　高橋寛行
　　　　　フォーマット　黒門ビリー&フラミンゴスタジオ

DTP　株式会社エストール

編　集　飯野理美

発行所　スターツ出版株式会社
　　　　〒104-0031　東京都中央区京橋1-3-1　八重洲口大栄ビル7F
　　　　TEL　販売部03-6202-0386（ご注文等に関するお問い合わせ）
　　　　http://starts-pub.jp/
印刷所　共同印刷株式会社
Printed in Japan

乱丁・落丁などの不良品はお取替えいたします。上記販売部までお問い合わせください。
本書を無断で複写することは、著作権法により禁じられています。
定価はカバーに記載されています。

ISBN 978-4-8137-0113-2　C0193

# ケータイ小説文庫　2016年6月発売

## 『サッカー王子と同居中！』桜庭成菜・著

高校生のひかるは、親の都合で同級生の相ケ瀬くんと同居することに！　学校では王子と呼ばれる彼はえらそうで、ひかるは気に入らない。さらに彼は、ひかるのあこがれのサッカー部員だった。マネになったひかるは、相ケ瀬くんのサッカーへの熱い思いを感じ、惹かれていく。ドキドキの同居ラブ！
ISBN978-4-8137-0110-1
定価：本体 570 円＋税

**ピンクレーベル**

## 『好きになれよ、俺のこと。』SELEN・著

高1の鈍感＆天然の陽向は、学校1イケメンで遊び人の安堂が告白されている場面を目撃!!　それをきっかけにふたりは仲よくなるが、じつは陽向は事故で一部の記憶をなくしていて…?　徐々に明らかになる真実とタイトルの本当の意味に大号泣!!　第10回ケータイ小説大賞優秀賞受賞の切甘ラブ!!
ISBN978-4-8137-0112-5
定価：本体 580 円＋税

**ピンクレーベル**

## 『君の世界が色をなくしても』愛庭ゆめ・著

高2の結は写真部。被写体を探していたある日、美術部の慎先輩に出会い、彼が絵を描く姿に目を奪われる。今しかないその一瞬を捉えたい、と強く思う結。放課後の美術室は2人だけの場所になり、先輩に惹かれていく結だけど、彼は複雑な事情を抱えていて…?　一歩踏み出す勇気をくれる感動作！
ISBN978-4-8137-0114-9
定価：本体 580 円＋税

**ブルーレーベル**

## 『絶叫脱出ゲーム』西羽咲花月・著

高1の朱里が暮らす【mother】の住民は、体内のICチップで全行動を監視されていた。ある日、朱里と彼氏の翔吾たちは【mother】のルールを破り、【奴隷部屋】に入れられる。失敗すれば命を奪われるが、いくつもの謎を解きながら脱出を試みる朱里たち。生死をかけた脱出ゲームが、今はじまる！
ISBN978-4-8137-0115-6
定価：本体 570 円＋税

**ブラックレーベル**

# ケータイ小説文庫　好評の既刊

### 『イジメ返し』 なぁな・著

楓子は女子高に入学するも、些細なことで愛海を中心とする派手なグループの4人にから、ひどいイジメを受けるようになる。暴力と精神的な苦しみのため、絶望的な気持ちで毎日を送る楓子。しかし、ある日転校生のカンナが現れ、楓子に「イジメ返し」を提案。一緒に4人への復讐を始めるが…？

ISBN978-4-88381-999-7
定価：本体 570 円＋税

**ブラックレーベル**

### 『甘々いじわる彼氏のヒミツ!?』 なぁな・著

高2の杏は憧れの及川先輩を盗撮しようとしているところを、ひとつ年下のイケメン転校生・遥斗に見つかってしまい、さらにイチゴ柄のパンツまで見られてしまう。それからというもの、遥斗にいじわるされるようになり、杏は振り回されてばかり。しかし、遥斗には杏の知らない秘密があって…？

ISBN978-4-88381-971-3
定価：本体 540 円＋税

**ピンクレーベル**

### 『純恋―スミレ―』 なぁな・著

高2の純恋は強がりで、弱さを人に見せることができない女の子。5年前、交通事故で自分をかばってくれた男性が亡くなってしまったことから、罪の意識を感じながら生きていた。ある日純恋は、優輝という少年に出会って恋に落ちる。けれど優輝は、亡くなった男性の弟だった……。

ISBN978-4-88381-926-3
定価：本体 550 円＋税

**ブルーレーベル**

### 『キミと生きた時間』 なぁな・著

高2の里桜は、ある引ったくり事件に遭遇したことから、他校の男子・宇宙君と出会う。以来、ふたりは放課後、毎日のように秘密の場所で会い、心を通わせていく。学校でいじめにあっている里桜の支えとなる宇宙君。だが、彼もまた悲しい現実を背負っていた…。絶対号泣のラブストーリー！

ISBN978-4-88381-860-0
定価：本体 540 円＋税

**ブルーレーベル**

# ケータイ小説文庫 好評の既刊

## 『狼系不良彼氏とドキドキ恋愛』 なぁな・著

人違いから、保健室で校内一の超不良・星哉の手に落書きをしてしまった高2の桃華。これは絶対絶命のピンチ！恐ろしい仕返しが待っているハズ！…と怯える桃華だったけど、星哉の優しさを知り、日ごとに恋心が芽生えていく。そんな中、星哉の元カノの出現で、ふたりの恋に暗雲が立ちこめて…!?

ISBN978-4-88381-797-9
定価：本体530円＋税

**ピンクレーベル**

---

## 『隣の席の俺様ヤンキー』 なぁな・著

高校生の莉奈は、同じクラスのヤンキー王子・魁一の隣の席になった途端、魁一のファンから嫌がらせを受けるようになる。莉奈の悔しさを察した魁一は、自分と付き合っていることにすれば、嫌がらせもなくなるはずと言い、ふたりは「偽りの恋人同士」になるが…!? 大人気作家・なぁなの超胸キュンラブ♥

ISBN978-4-88381-733-7
定価：本体540円＋税

**ピンクレーベル**

---

## 『キスフレンド』 なぁな・著

ある日、授業をサボって屋上に行った高2の理子は、超イケメンの同級生・紫苑と出会う。モテモテで、関係を持った女の子は数知れず…という紫苑と、この日を境に次第に心を通わせていく理子。やがてふたりは"キスフレンド"になるのだが…。自分の居場所を探し求めるふたりの、切ない恋の物語。

ISBN978-4-88381-676-7
定価：本体520円＋税

**ブルーレーベル**

---

## 『不良彼氏と胸キュン恋愛♥』 なぁな・著

高校内の有名人、金髪イケメンの早川流星のことがずっと好きだった矢口花音。ある日、落とした携帯を拾われたことから流星との距離がぐんと縮まっていくが、彼が昔、保健室である事件を起こしたことがあるという噂を耳にしてしまい…!? 大人気ケータイ小説作家・なぁなが贈る、金髪不良との恋物語！

ISBN978-4-88381-621-7
定価：本体540円＋税

**ピンクレーベル**

# ケータイ小説文庫 好評の既刊

### 『龍と虎に愛されて。』 なぁな・著

眼鏡とカツラでネクラ男子に変装した龍こと小林龍心は、実は元ヤンキーで喧嘩上等の金髪少年。クラスメイトの虎こと杉崎大虎は天然純粋少年、でも実は裏の顔が…。2人は佐和明菜のことが好きになるが、明菜の気持ちは揺れ動いて…!? ヤンキー男子に愛されちゃった、学園ラブストーリー★

ISBN978-4-88381-601-9
定価:本体540円+税

ピンクレーベル

---

### 『王子様の甘い誘惑♥』 なぁな・著

愛沢理生は私立桜花高校に入学したその日に、ミルクティ色の長いサラサラの髪をなびかせ、吸い込まれそうなほど茶色い瞳を持つ王子様男、真野蓮と出会う。蓮は理生に「お前は俺の家政婦兼同居人だ」と言い渡し、その日から理生は蓮の住む高級マンションに同居させられ…!? なぁなの大人気作!

ISBN978-4-88381-594-4
定価:本体520円+税

ピンクレーベル

---

### 『王様彼氏とペットな彼女!?』 なぁな・著

高2のアユは、転校した先で同い年の小野壱星と出会う。彼はイケメンながらも、そっけなくてクールな不良男子。でも、小野君の本当の優しさに気づいたアユは、次第に彼のことが気にかかり、いつしか2人は付き合うものの…!? 大人気作家・なぁなが贈る文庫第3弾は、じれじれ甘甘な学園ラブ☆

ISBN978-4-88381-580-7
定価:本体540円+税

ピンクレーベル

---

### 『王子様は金髪ヤンキー!?』 なぁな・著

高校生の未来はフラれた元彼のことを忘れられずにいる毎日。でもある日、同じ学校の金髪不良男・新城隼人から「俺が忘れさせてやる」と言われ、戸惑いながらも彼と行動を共にするようになる。隼人の正直な性格に未来は惹かれてしまい…!? 不良、でも優しい彼との青春ラブストーリー♡

ISBN978-4-88381-566-1
定価:本体530円+税

ピンクレーベル

# ケータイ小説文庫　好評の既刊

### 『正反対♡恋愛』なぁな・著

自信のない地味な女子高生・鈴木佐奈は、以前、その容姿のことで男子からバカにされたことが今でも心の傷。そんな佐奈は隣のクラスの翔太に片思いをしているが、長い金髪に耳ピアスをした自分とは「正反対」な山下銀との出会いをきっかけに、次第に銀に惹かれていく。オクテ女子と金髪イケメンのドキドキ☆ラブ！
ISBN978-4-88381-550-0
定価：本体 510 円＋税

**ピンクレーベル**

---

### 『1495日の初恋』蒼月(あおつき)ともえ・著

中3の春、結は転校生の上原に初めての恋をするが、親友の綾香も彼を好きだと知り、言いだせない。さらには成り行きで他の人と付き合うことになってしまい…。不器用にすれ違うそれぞれの想い。気持ちを伝えられないまま、別々の高校に行くことになった2人の恋の行方は…？感動の青春物語！
ISBN978-4-8137-0100-2
定価：本体 610 円＋税

**ブルーレーベル**

---

### 『太陽の声にのせて』cheeery(チェーリィ)・著

友達も彼氏もいて、なんの不満もない高校生活を送っていた高1の友梨。だけど、思っていることを言葉にできない自分に嫌気がさしていた。そんな友梨の前に現れたのは、明るくて人気者の太陽。そんな太陽が友達・彼氏と人間関係に悩む友梨に、本物の友情とはなにか教えてくれて…。大人気作家 cheeery 初の書き下ろし作品！
ISBN978-4-8137-0101-9
定価：本体 540 円＋税

**ブルーレーベル**

---

### 『あなたがいたから、幸せでした。』如月(きさらぎ)双葉(ふたば)・著

家庭の問題やイジメに苦しむ高2の優夏。すべてが嫌になり学校の屋上から飛び降りようとしたとき、同じクラスの拓馬に助けられる。拓馬のおかげで優夏は次第に明るさを取り戻していき、ふたりは思い合うように。だけど、拓馬には死が迫っていて…。命の大切さ、恋、家族愛、友情が詰まった感動作。
ISBN978-4-8137-0102-6
定価：本体 570 円＋税

**ブルーレーベル**

# ケータイ小説文庫　2016年7月発売

## 『だから、好きだって言ってんだよ』miNato・著

高1の愛梨は、憧れの女子高生ライフに夢いっぱい。でも、男友達の陽平のせいで、その夢は壊されっぱなし。陽平は背が高くて女子にモテるけれど、愛梨にだけはなぜかイジワルばかり。そんな時、陽平から突然の告白！　陽平の事が頭から離れなくて、たまに見せる優しさにドキドキさせられて…!?

ISBN978-4-8137-0123-1
予価:本体 500 円＋税

**ピンクレーベル**

---

## 『愛して。（仮）』水瀬甘菜・著

高2の真梨は絶世の美少女。だけど、その容姿ゆえに母からは虐待され、街でもひどい噂を流され、孤独に生きていた。そんなある日、暴走族・獅龍の総長である蓮と出会い、いきなり姫になれと言われる。真梨を軽蔑する獅龍メンバーたちと一緒に暮らすことになって…?　暴走族×姫の切ない物語。

ISBN978-4-8137-0124-8
予価:本体 500 円＋税

**ピンクレーベル**

---

## 『白球と最後の夏』rila.・著

高3の百合子は野球部のマネージャー。幼なじみのキャプテン・稜に7年ごしの片想い中。ふたりの夢は小さな頃からずっと"甲子園に出場すること"で、百合子は稜への気持ちを隠し、マネとして彼の夢を応援している。今年は甲子園を目指す最後の年。甲子園への夢は叶う？　ふたりの恋の行方は…?

ISBN978-4-8137-0125-5
予価:本体 500 円＋税

**ブルーレーベル**

---

## 『青に染まる夏の日、君の大切なひとになれたなら。』相沢ちせ・著

高2の麗奈は、将来のモヤモヤした悩みを抱えていた。そんな中、親友・利乃の幼なじみ・慎也が転校してくる。慎也と仲のよいトモもふくめ、4人で過ごすことが多くなっていった。麗奈は、不思議な雰囲気の慎也に惹かれていくが、慎也には好きな人が…。連鎖する片想いが切ないラブストーリー。

ISBN978-4-8137-0126-2
予価:本体 500 円＋税

**ブルーレーベル**

**この1冊が、わたしを変える。**
**スターツ出版文庫　好評発売中!!**

# 君が落とした青空

櫻いいよ／著
定価：本体590円＋税

——ラストは、
生まれ変わったような気分に。

「野いちご」
切ない小説
ランキング
**第1位**

付き合いはじめて2年が経つ高校生の実結と修弥。気まずい雰囲気で別れたある日の放課後、修弥が交通事故に遭ってしまう。実結は突然の事故にパニックになるが、気がつくと同じ日の朝を迎えていた。何度も「同じ日」を繰り返す中、修弥の隠された事実が明らかになる。そして迎えた7日目。ふたりを待ち受けていたのは予想もしない結末だった。号泣必至の青春ストーリー！

ISBN978-4-8137-0042-5　　イラスト／げみ